Una mirada hacia el Futuro

Una mirada hacia el Futuro

Un viaje a través del tiempo

ISHAJETHD BRIJALDO MEJÍA

Dedicado a mi hermana Kiarah,
por ser la primera en subirse a este barco llamado:
Sueño cumplido.

Prólogo (Isabel)

El sitio era bastante enorme y oscuro, podría incluso atribuírsele la característica de ser escalofriante, sin embargo, y por raro que pareciese, no me aterraba. No supe con exactitud qué era ese lugar, aunque gracias a su aspecto, bien podría denominarlo como una fábrica. Al observar hacia arriba, noté que el techo poseía una red de tuberías metálicas viejas y oxidadas que daban la sensación de ser un medio de evacuación de gases. La pintura de las paredes se veía tiznada y resquebrajada sobre un suelo rústico y lleno de polvo. Había mesas grandes y pequeñas por doquier y cada una resguardaba una gran variedad de elementos. Vi grandes tanques de todo tipo, recipientes de vidrio llenos y vacíos amontonados en vitrinas y estantes, cajas de cartón selladas y abiertas, neumáticos, maquinaria de carpintería, entre otros objetos desconocidos. Lo que sentía justo en ese instante era más curiosidad que otra cosa. Tras examinar el chispeante líquido ambarino que reposaba sobre una angosta mesa de hierro dentro de un tubo de ensayo, escuché una voz masculina y autoritaria tras de mí.

—¿Te gusta este lugar? —preguntó, diligentemente. Al darme la vuelta, vi en su rostro afilado una sonrisa amable.

—Me da curiosidad —sonreí de vuelta. Su faz era de gestos severos, su piel se notaba curtida por el tiempo y por el sol, sus ojos negros me atravesaban de una manera extraña. Aun así, una conexión especial vibraba entre los dos.

—¿Sabes por qué te encuentras aquí, Isabel?

—No exactamente —indiqué después de dudar un momento. Ni siquiera me pregunté cómo es que sabía mi nombre; tal vez una parte de mí conocía la razón.

—Es tu deber hacerlo —explicó, sin que yo consiguiera comprender a lo que se refería—. Ahora no puedes entenderlo, mas pronto podrás hacerlo. No puedes dejar que se haga tarde.

—¿Mi deber? —farfullé, repentinamente ansiosa—. ¿Te refieres al porqué estoy aquí? ¿Tarde para qué?

—27 —susurró, revolviéndose el cabello oscuro que poseía, eso me hizo suponer que estaba estresado—, es todo lo que puedo decirte.

—¿27? —alegué, confundida. Aunque mi cabello me daba hasta la cintura, no lo sentí al sacudir la cabeza—. ¿Eso qué significa? ¿27 qué?

—Parece que aún eres muy joven para saberlo —un par de arrugas se apoderaron de su frente y del puente de su nariz al fruncir el ceño—. Me equivoqué, no es el momento.

—¿Joven? —una sonrisa sarcástica tuvo que escaparse de mis labios—. Para mí 24 años son madurez, no juventud.

—Se pueden tener las dos cosas al mismo tiempo, pero no es tu caso.

Resoplé molesta, lo cual hizo que el hombre produjera una carcajada moderada, como si yo actuara justo como él lo tenía premeditado. Nuestros ojos se encontraron inspeccionándose mutuamente por lo que me pareció más de un rato. Abrí la boca para decir algo, pero aquel hombre levantó su palma derecha, deteniendo mi impulso.

—No es necesario que digas nada —ordenó, aproximándose a mí—. En cuanto despiertes, no recordarás esto que acaba de suceder, solo tu inconsciente será testigo y guardará el secreto hasta que sea el momento indicado y, ojalá, sea más pronto que tarde.

Sin que me lo esperara, el sujeto colocó su mano sobre mi cabeza, acariciándome con ternura. La sensación era cálida y gratificante, me hacía sentir segura. Al verlo tan cerca de mí, pude saber de quién se trataba, ahora entendía la conexión con él. Fue entonces que todo a mi alrededor empezó a disolverse lentamente mientras luchaba en vano por quedarme.

Rendida y aturdida, abrí los ojos.

Capítulo 1 (Isabel)

—Isabel, ¡Isabel, despierta!

Gruñí al escuchar el grito de Fanny desde la esquina opuesta de mi cama. Me revolví bajo las cobijas a la vez que me refregaba los ojos con los puños, antes de girarme para enfocarla con mi visión adormilada. Fanny, sentada sobre su cama con la cabellera enmarañada y un par de ojeras pesadillescas, me miró frunciendo el entrecejo. Bostecé con simpleza y le di la espalda nuevamente desde mi cama.

—¡Isabel! —rugió Fanny como un animal, y creo que no exagero al decirlo. Podía imaginar sus ojos grises mirándome con crueldad mientras planeaba mentalmente alguna pilatuna en mi contra, o quizá, más que eso—. No es gracioso que hables en las noches hasta arruinar por completo mi tranquilidad.

—Ya te he dicho que no sé de qué hablas —ronroneé, ocultando una sonrisa burlona.

Era una verdad a medias, de todos modos, yo no tenía la culpa, aunque fuese cierto. Fanny argumentaba que yo hablaba por las noches con alguien, no obstante, nunca me sabía informar con exactitud aquello de lo que yo hablaba ni con quién lo hacía. No ocurría siempre, aunque sí la mayor parte del tiempo; unas cuatro noches por semana como mínimo. Tiempo atrás llegué a pensar que lo inventaba todo para despertarme cual ogra enloquecida en plena oscuridad, sin embargo, Fanny no es del todo buena en actuación y, menos aún, engañándome, así que deseché esa idea en el mismo instante en el que me la planteé. Ella, por el contrario, ha seguido suponiendo que lo invento todo para fastidiarle el sueño; a pesar de mis intentos por convencerla de que no es así, jamás me ha creído.

—¡No te creo, Isa! ¡Eres una odiosa!

—Está bien —la encaré—, mañana mismo pasaré mi cama a la habitación de al lado.

Fanny y yo somos mejores amigas y vivimos juntas en la misma casa. Aunque tenemos un par de gustos en común, somos prácticamente lo opuesto la una de la otra, empezando por el aspecto físico. Fanny es una diosa latina gracias a su fisonomía. En ella sobresalen sus ojos grises, su piel morena, su estatura de 1,70 metros, su melena negra y abundante, su cuerpo lleno de grandes curvas y atributos... Yo, en cambio, soy una flacucha insípida casi transparente, muy baja para mi gusto, de ojos marrones y cabello púrpura. ¿Púrpura? Sí, realmente mi cabello es púrpura y no tengo idea del porqué. Fanny considera que me lo pinto constantemente a pesar de mis intentos fallidos por demostrarle que su color es natural; debo suponer que se niega rotundamente a creer en lo sobrenatural. Por mi parte, he investigado sobre el tema, y aunque no estoy netamente convencida, he llegado a la conclusión de que se trata de una enfermedad similar al *albinismo*; una incapacidad que tiene el cuerpo de producir suficiente melanina, por lo que el color del cabello, ojos y piel, tiende a cambiar o desaparecer.

No me considero una chica del todo fea, no obstante, opino que para ser latinoamericana me falta figura y carisma. Me gusta mi cabello, creo que es lo que más me gusta de mí. Es lacio y me llega hasta la cintura, sin mencionar la envidia que me cargan las chicas porque su tintura no hace más que dañarles el cabello, en cambio el mío siempre luce fantástico, no pierde el brillo ni el color jamás. En pocas palabras, mi vida es un vaivén de emociones. A veces me siento especial e indispensable por alguna razón oculta a mis pensamientos conscientes y, otras veces, solo soy un ser humano del montón que sueña con extinguirse.

Somnolienta, decidí arroparme completamente con las cobijas para así conseguir dormir nuevamente, mas al darme la vuelta, pude sentir a Fanny sentándose en mi cama a la vez que me obligaba a girar. Inevitablemente, sus ojos me observaron desde lo alto.

—No tienes que ser tan estricta —hizo un puchero de infante, típico en ella—, si tú no estás cerca en la noche, me muero del miedo. No te vayas.

Contrario a sentir ternura, rodé los ojos ante su comentario aun sabiendo que era cierto. Fanny padece de *nictofobia* y, varias veces, he tenido que hacer parte de sus terribles espectáculos cuando el miedo ha conseguido superar su raciocinio. La casa en la que vivimos es clara, demasiado, incluso de noche, pero es la única forma en la que Fanny se encuentra estable.

Ambas nos conocimos en el *Call Center* en el que trabajamos actualmente y, tras habernos hecho amigas, decidimos vivir juntas tiempo después. Tanto Fanny como yo perdimos a nuestros padres, solo que en situaciones distintas. Sus padres la abandonaron cuando era solo una niña y los míos murieron en un accidente de tráfico cuando yo tenía 19 años. Fanny solía vivir con una tía y yo pagaba una habitación en alquiler, mas a los ocho meses de conocernos, optamos por comprar una casa y vivir juntas. Aquello se dio relativamente fácil y rápido ya que ambas teníamos los suficientes pesos ahorrados como para comprar una casa modesta a plazos. Actualmente, solo nos hacen falta un par de cuotas por pagar.

Mientras aquel trabajo ha sido el primero y único en toda mi vida, Fanny tuvo al menos unos 20 empleos más antes de quedarse allí, en el Call Center.

Hace dos años o más que nos conocimos, y deduzco que, gracias a mí, Fanny se ha ajuiciado un poco. Nunca ha sido una mala mujer, solo parecía olvidar la importancia de cada cosa. Yo la quiero más de lo que ella supone, aunque soy mala, malísima, reconociendo mis sentimientos.

—Vale —torcí el gesto en señal de desinterés—, pero ya deja de calumniarme. Por ahora tengo sueño, así que déjame dormir.

—Eso mismo deseo —arqueó una ceja—, y espero que lo permitas.

Volví a darme la vuelta, ignorándola. Pasados unos segundos sentí como regresó a su cama, así que cerré los ojos y me dispuse a dormir. Antes de hacerlo, pensé en mis posibles diálogos nocturnos. ¿Qué tanto soñaba y con quién hablaba? ¿Por qué no podía recordarlo?

Capítulo 2 (Isabel)

"Odio mi vida", pensé de muy mal humor tras colgar la llamada. Es probable que muchas veces exagere mis sentimientos al expresarlo de ese modo, el enojo suele hacernos hablar más de la cuenta, aunque ciertamente, en más de una ocasión mi vida ha resultado ser un verdadero desastre. Cambiarla no me molestaría en lo absoluto. ¿Por qué la gente tras el teléfono no puede ser amable? Si supieran la dosis de paciencia e hipocresía que tengo que consumir a diario para no explotar el resentimiento que llevo dentro, seguro se compadecerían un poco más de mí. El timbre de una nueva llamada resonó en mi diadema. Entorné los ojos con fastidio antes de contestar.

—Servi-lavadoras buenas tardes, ¿en qué le puedo colaborar?

—Mi lavadora está retumbando todo el tiempo —se quejó una señora de mal genio sin siquiera dignarse a saludar—. Ese mal arreglo que ustedes me hicieron no sirvió de nada, ese aparato está peor que al principio.

—¿El sonido se presenta en todo el proceso de lavado? O quizás, solo es en un ciclo específico.

—No, señorita, lo que le estoy diciendo es que suena hasta apagada. O ustedes me arreglan ese problema o los demando porque...

¡Santo Dios! Cerré los ojos intentando oír su queja, mas mi cerebro se negó de lleno a hacerlo. Estoy cansada de esta situación, no hay día en que todo surja con estabilidad. Los reclamos son más frecuentes que mis suspiros de resignación y, eso ya es decir bastante. Quiero salir corriendo y esconderme bajo mis cobijas antes de que lleguen las blasfemias que raramente no se han reportado aún.

—¡Oiga, se lo advierto! —gritó la mujer, amenazante—. ¡Yo no pienso pagar por esa mierda otra vez!

—Le ruego se tranquilice, señora...

—Elvira.

Delante de una larga mesa frente a la mía, hallé a Fanny platicando tranquilamente con algún cliente. ¿Por qué a ella parecía no tocarle lidiar con los clientes gruñones? ¡Es injusto! Cuando finalmente la señora Elvira terminó con su riña extensa y escasa de cordialidad, le aseguré que, en poco tiempo, algún trabajador apto iría hasta su residencia y pronto su lavadora estaría como nueva. Sinceramente yo no sabía aquello con certeza, pero si le confesaba que su padecimiento no era asunto mío pues, mi único trabajo aquí era atender las llamadas de la empresa, no me entendería y la discusión se volvería tediosa.

Las llamadas se silenciaron por algunos minutos. Ese tal vez, era el mejor momento del día.

—¿Y esa cara? —cuestionó Fanny habiendo llegado hasta mi mesa de trabajo.

—Supongo que el día no pinta muy favorable hoy —resoplé con cansancio al pensar que, en realidad, mis días laborales nunca se sentían del todo bien.

—Anímate —guiñó un ojo, radiante—, te invito a cenar esta noche.

Asentí con aburrimiento. En realidad, necesitaba más que una cena en algún restaurante económico para lograr quitarme las ganas de mandar mi vida por la borda.

Otra llamada vibró en mi teléfono. Torcí los labios con resignación mientras volvía a colocarme los audífonos que había retirado hacía un momento. Le di paso a la llamada.

—Servi-lavadoras buenas tardes, ¿en qué le puedo colaborar?

—¿Isabel? Vaya, por fin tengo la suerte de conseguir que seas tú la que conteste.

—Disculpe, ¿con quién hablo?

—¿Tan pronto te olvidaste de mí? —su voz aguda y cantarina se me hizo vagamente familiar—. Soy yo, Louis.

Un corrientazo de asombro y nerviosismo me recorrió todo el cuerpo. ¿Louis, mi ex novio? ¿Qué quería de mí justo ahora? Me quedé muda por lo que debió parecerle un largo tiempo; las palabras se rehusaban a salir de mi garganta.

—Ah, hola... —dije por fin, procurando sonar desinteresada—. ¿Tu lavadora necesita algún repuesto?

—Bueno... si esa es la excusa que necesito para verte, seguro que sí —rio. Su risa siempre había sido muy agradable de escuchar—. ¿Tienes tiempo esta noche?

—Voy a comer con Fanny —expliqué directamente para que comprendiera mi negativa, además, era cierto.

—¿Mañana?

—No lo sé —supuse que no sería bueno verlo de nuevo, debía hallar cualquier excusa. Fanny me dio una mirada—, yo te aviso.

—Vale —murmuró luego de dudarlo un segundo—. Mi número es el mismo de siempre, espero tu llamada, Isa.

Colgué con gusto. Entre Louis y yo había existido una linda relación, larga y entretenida dentro de lo que cabe, pero resulta que él no se lo tomó tan en serio como me lo estaba tomando yo. Yo, Isabel Rivero, que siempre odié el romanticismo y todas esas cursilerías sobre matrimonio y similares, llegué a plantearme la idea de envejecer junto a Louis. ¡Pero claro! Él, en cambio, solo vio en mí a una chica ingenua con la cual divertirse. Todo terminó cuando lo descubrí jurándole amor eterno a otra chica en el "Parque de los novios". Ahora que lo pienso, toda esa situación me resulta bastante estúpida y molesta, algo apenas digno de jovencitos de secundaria. De todos modos, si algo tengo que agradecerle a Louis, es el hecho de haberme quitado ese pensamiento básico e inmaduro del *Felices para siempre*. Bah, eso no existe.

Cuando mi mente regresó a la realidad, Fanny ya se encontraba en su respectivo sitio de trabajo, por lo que llegué a la conclusión de que había dejado cualquier posible sermón para la hora de salida.

El día demoró en culminar, mas era evidente que no podía durar eternamente. En cuanto Fanny y yo salimos del Call Center, tuve que tragarme un bufido al ver a Louis esperándonos en la entrada. ¿No se suponía que debía esperar mi llamada?

—Isa, ¡qué linda estás! —comentó Louis con aparente alegría al verme. Para ser sincera, él se veía guapísimo vistiendo totalmente de negro, haciendo que por mi mente pasara el estereotipo de *chico malo* de los libros cliché. No hay nada de malo con los libros cliché, algunos son muy rescatables.

—¿Tú aquí? —bufó Fanny antes de que yo pudiera decir cualquier cosa—. No me lo creo. ¿Qué quieres?

—Hola, Fanny —saludó Louis con una sonrisa amplia y falsa—, también es un gusto verte.

—¿Qué haces aquí? —intervine dirigiéndome a Louis mientras me revolvía impulsivamente el cabello; las miradas que ambos intercambiaban empezaban a ser intimidantes.

—Quería verte —sus ojos azules casi parecían sinceros... casi.

—Ya te he dicho que iré a cenar con Fanny —repliqué como si verlo fuera una pérdida de tiempo, porque lo era.

—Me voy de la ciudad —informó justo cuando me hallaba pensando en darle la espalda—, quería despedirme de ti.

Un nudo se me atascó en la garganta y tuve que morderme los labios para no ponerme a llorar como una niñita. ¿Por qué me dolía tanto? Quiero decir, había sobrevivido sin él por más de cinco meses. Fanny debió notar la rigidez en mi cuerpo porque amablemente se acercó y dijo:

—Supongo que perder una noche despidiendo a gente innecesaria no estará tan mal. Dejemos la cena para mañana.

—Este lugar siempre será nuestro —musitó Louis, sentado sobre el andén frente a una casa abandonada.

—Sí... —sonreí, sentada a su lado.

—Aquí nos dimos nuestro primer beso, ¿lo recuerdas? —su cabello castaño bailaba al son del viento y su mirada se perdía en el horizonte.

—Sí —repetí con un hilo de voz.

¿Cómo no recordarlo? Aún puedo sentir mi corazón latiendo a toda velocidad, sin mencionar que, en aquel momento, llegué a creer que moriría de felicidad. Sus labios eran suaves y cálidos, su respiración golpeaba contra mi rostro. Por un instante me perdí en la inconsciencia y solo me dediqué a disfrutar de la escena, un pensamiento que ya solo quedaría en mi memoria.

—Voy a extrañarte, Isa —sus ojos chocaron con los míos. Su arrepentimiento se veía sincero, pero preferí omitirlo como acto de prevención—, no sé cómo pude dejarte ir.

—Eso ya no importa —me forcé a sonreír—, fue interesante mientras duró. Te deseo mucha suerte en tu viaje.

—Tal vez aún hay tiempo de recuperar lo perdido...

—No —declaré con sequedad. Aunque quisiera, sabía bien que no funcionaría—. No quiero volver a saber nada más sobre temas de amor.

—Vale, no insistiré —sonrió en lo que me ayudaba a colocar de pie—, de todas formas, recuerda que hay una casa disponible para ti en Medellín, Isa. Puedes visitarme cuando quieras.

—No hace falta, pero gracias.

—Ah, lo olvidaba —mencionó de improvisto, sacando un pequeño objeto del bolsillo de su pantalón—, esto es para ti.

—¿Qué es? —interrogué, detallando el objeto en mi mano tras haberlo recibido. Parecía un pequeño gato negro hecho de porcelana.

—Es de la suerte —explicó Louis—, dicen que puedes pedir cualquier deseo y se hará realidad.

—¿Quién te lo dio?

—Mi madre —su voz se quebró tenuemente, por lo que imaginé que debía ser muy importante—, pero ahora quiero que lo tengas tú.

—Si te lo dio tu mamá deberías conservarlo... —repuse con cautela.

—Quiero que tú lo tengas —dijo con cuidado, seguido por un breve silencio—, por favor.

—No me sentiré comprometida contigo por el simple hecho de que me lo des. Hace falta más que eso para persuadirme —comenté, arqueando una ceja con superioridad.

—Lo sé Isa, te conozco un poco. Solo quédatelo, ¿bien?

Se acercó lo suficiente para abrazarme con sutileza. Abrazarlo siempre me había sentado bien. No supe por cuanto tiempo nos quedamos de esa manera, solo descubrí que fue un periodo suficiente para desbaratarme. La ocasión perfecta para darme cuenta de que todavía lo quería, aunque fuera un poco.

Capítulo 3 (Isabel)

Estando sentada frente a la mesa del comedor, miré el gato de porcelana con curiosidad. Medía unos cinco centímetros de altura y era muy bonito; se notaba que aquel que lo hubiese tallado, se había esmerado bastante en su hechura. *"Un deseo"* pensé con letargo *"¿por qué Louis me lo ha obsequiado?"*. Supuse que debía tratarse de alguna reliquia sin valor para él, de lo contrario, no me lo daría. Recordé entonces la cara que hizo cuando le pregunté quién se lo había dado; se veía triste, o eso me pareció. Tal vez el objeto le recordaba algo negativo y, por ende, había preferido deshacerse de él.

Un deseo... Me sentí ridícula al pensar en ello. ¿Por qué estaba creyendo que podía pedir alguna cosa a través de un objeto tan simple e inanimado como el que tenía delante de mí?

Cansada de tan largo día, dejé la porcelana sobre la mesa y apagué la luz con la intención de regresar a la habitación, no obstante, algo llamó mi atención antes de hacerlo. Ese gato... ¿había brillado? Una luz azulada y vibrante relampagueó por menos de un segundo luego de que la luz del foco hubiera desaparecido. Podría haber provenido casi de cualquier cosa, pero mi raciocinio espiritual optó por culpar al pequeño animal esculpido.

Cinco minutos después, me encontraba sentada nuevamente en el comedor, observando el objeto con atención a la luz de la bombilla blanquecina. Mientras esperaba que brillara otra vez a la vez que empezaba a creer que solo se había tratado de una ilusión óptica, mi mente paseó cansinamente por los recovecos de mis memorias al lado de Louis. Él se había llevado todo lo bueno de mí, o por lo menos lo mejor. Mi primer beso, mi primera caricia, mi primera vez... ¿Me arrepentía? A decir verdad, no, de todos modos, me costaba superar la idea de solo haber sido un pasatiempo para él.

Es triste y estresante pensar que no eres idóneo para algo o para alguien. Podría partirme el cráneo en dos preguntándome qué había de malo o insuficiente en mí y, así como encontraría muchas respuestas posibles, también no hallaría ninguna convincente o radical.

Así que Louis se iría pasado mañana... posiblemente para siempre... Me revolví el cabello con ambas manos, permitiéndome en la soledad de la noche, llorar a mis anchas. No sé cuánto tiempo me tomó realizar aquella deplorable acción, solo supe que fueron más de un par de minutos. Agradecí el hecho de que Fanny durmiera profundamente, sería desagradable que viera mis debilidades con lo mucho que me esmero por guardarlas exclusivamente para mí.

Mis ojos volvieron a posarse sobre el gato de porcelana, a la vez que mi dedo índice rozaba su textura suave y lisa en un movimiento lento y tembloroso. Un deseo... vaya, la estupidez comenzaba a hacer mella en mi estado de ánimo. ¿Realmente estaba creyendo que este simple objeto era mágico? ¿Creía que sería capaz de atender mi súplica? Sí, lo estaba pensando y, por fortuna, nadie más lo sabía. ¿Qué había de malo en pedirle un deseo? Lo que quiero decir es que nada pasaría y, nadie tendría por qué enterarse tampoco; mañana sería un día normal como tantos y el dislate que hiciera en este instante moriría conmigo.

Observé el gatito negro por última vez antes de atreverme a dejar salir la niña que llevaba adentro, esa que en vano me esforzaba por exterminar y que salía en los momentos menos apropiados.

—Bien —murmuré, agarrando la porcelana con cierta delicadeza—. No sé qué tan efectivo seas, no sé qué tan vergonzosa me puedo ver ahora mismo, no sé por qué haré esta tontería, pero... Deseo cambiar mi vida por completo.

Eso fue rápido, apenas si entendí mis palabras al farfullar. Un minuto transcurrió lento y monótono y, aunque no pasó nada fuera de lo común, experimenté una extraña liberación. Suspiré con resignación y un pinchazo de decepción; no es que creyera que el deseo iba a hacerse realidad, sin embargo... Apagué la luz y me dirigí a la habitación que compartía con Fanny. Suficientes disparates en un solo día.

El calor era impresionante, me estaba sofocando. Aún con los ojos cerrados, intenté deshacerme un poco de las cobijas, sorprendiéndome de repente cuando no hallé nada que quitar. Abrí los ojos para comprobar qué ocurría y casi me ahogo con mi propia saliva al ver a mi alrededor. Mi cama había desaparecido, mis pertenencias y el armario también. Para ser más exacta, no estaba en casa, me hallaba en la calle, recostada sobre la tierra. El sol brillaba en lo alto y su calor quemaba con insistencia. Miré hacia los lados y percibí que no se veían construcciones a la vista, era como estar en medio del desierto. Cuando me impulsé para sentarme noté que la tierra estaba seca y cuarteada, demasiado, e hizo que las palmas me ardieran ante su contacto.

Me inspeccioné a mí misma y verifiqué que aún llevaba puesta mi pijama fucsia con un búho estampado en la parte delantera de mi camiseta. Cuando vi mis pies descalzos, como solía llevarlos siempre que dormía, deseé profundamente unas sandalias o, como mínimo, un par de medias; de esta forma no conseguiría dar ni un paso. Para corroborarlo, di un par de pasos y el escozor fue tan fuerte que caí de rodillas sobre la tierra casi instintivamente. *"Qué sueño más extraño, parece tan real..."*.

—¡Fanny! —grité el nombre de mi amiga con la esperanza de que ella me despertara. Lo hacía muy a menudo cuando me oía hablar dormida, seguramente esta vez no sería la excepción.

El silencio y el calor eran amenazantes, si no me movía pronto, iba a quemarme allí sentada. Los brazos no tardaron en comenzar a arderme junto con las mejillas, no obstante, evité pensar en las consecuencias. A la vez que ganaba fuerzas para colocarme de pie nuevamente, escuché un ruido aproximándose, uno muy similar al que emite el motor de un auto. Giré la vista en dirección del sonido y, para mi suerte, no me había equivocado. ¡Era un auto! Ni siquiera tuve que realizar alguna señal S.O.S pues, el conductor no tardó en dirigirse hacia mí, A decir verdad, era imposible que no me viera en medio de la nada. En menos de un minuto, ya se hallaba frente a mí.

El vehículo me pareció bastante extraño, era de un tono azul eléctrico, de un tamaño mediano y el modelo no se me hacía ni vagamente conocido, aun así, no le presté mucha atención a ese detalle. La puerta se abrió de una forma casi exagerada y, de ella, emergió un muchacho de cabello rubio con tirabuzones que le caían más abajo de los hombros; sus ojos verde talismán centelleaban al compás de la luz del sol. A pesar de su atuendo andrajoso, era el hombre más hermoso que había visto en toda mi vida... Claramente, eso solo lo pensaría hasta que abrió la boca para hablar.

—Solo una estúpida querría tomar una siesta en mitad del desierto —profirió despectivamente.

—¿Estúpida? —repetí, incrédula. Esto tenía que ser una pesadilla—. ¿Y tú quién eres?

—El problema aquí eres tú —me ayudó a colocar de pie de un jalón—. ¿Querías morir? Hay maneras menos dolorosas de quitarse la vida. Si quieres, puedo ayudarte a tener una muerte que parezca casi natural.

—¡Claro que no! —me quejé, haciendo una mueca de terror. Un reproche algo hipócrita de mi parte pues, no he hecho más que desear la muerte últimamente—. Me estoy ardiendo los pies así que abre esa puerta de inmediato.

El rubio abrió la puerta trasera, pero antes de que yo pudiera entrar tranquilamente, me empujó adentro como si se tratara de algún tipo de costal. Gruñí, mas no me prestó atención, simplemente se subió al asiento del piloto y emprendió la marcha.

Qué locura, realmente quería despertar y contarle a Fanny de este sueño tan loco y extraño, seguro nos reiríamos como desquiciadas.

—¿Cuál podría ser el nombre de la ignorante que se echa una siesta en pleno desierto? —preguntó él, más para sí mismo que para mí—, ¿será tarada, troglodita?

—¿Y cuál será el nombre del imbécil que recoge a una troglodita a mitad del camino? —resalté—, ¿será baboso, mediocre?

Ambos nos quedamos callados por largo rato después de aquella parodia de infantes. Las llantas del carro sonaban rasposas sobre la tierra seca y el motor vibraba con cierta tranquilidad. El aire era denso y pesado, nunca había experimentado un día tan ardiente. ¿Qué era ese lugar? Las casas no se asomaban ni por equivocación. Cerré los ojos con pesadez, tal vez si conseguía dormir me hallaría recostada en mi cama como de costumbre al despertar. Todo volvería a la normalidad.

Capítulo 4 (Isabel)

Llevando a cabo un cálculo ciego, supuse que el rubio engreído había conducido por más de una hora. Solo hasta entonces, fue que pude divisar una casucha a lo lejos. Tuve que saberlo tras haber tanteado dormir un par de veces sin resultados favorables. Observé la casa con cierta emoción; era horrible, pequeña y casi un escombro, pero al menos era una casa, ¿no? Aún continuaba contemplando la ilusión de despertar en la realidad si dormía aquí y aquel podría ser un lugar óptimo para hacerlo. El problema se dio cuando el cretino que tengo en frente no se detuvo, sino que pasó de largo.

—¡Hey! —me quejé, viendo con tristeza, cómo la casa se alejaba de mi punto de visión—. Sé que esa casa luce como tú, pero habría sido muy útil quedarnos allí, tal vez alguien podría habernos ayudado—añadí para omitir mi verdadera intención.

—Sí que eres tonta —comentó entre los dientes con fastidio—. En esa casa no hay nada más que muerte y basura, ¿no lo ves?

—Pero es la única que he visto en un buen rato —mi voz era casi un gemido lastimero.

—La próxima la hallaremos a unas dos horas aproximadamente, no creerás que ando perdido como tú —nuestras miradas se encontraron débilmente por medio del espejo retrovisor—. Por cierto, soy tu salvador, deberías agradecerme.

—Ni muerta —con un mohín de niñita malcriada miré en otra dirección, las malas mañas de Fanny me estaban persiguiendo.

Los minutos pasaban con una lentitud desbordante y, más aún, por el simple hecho de que en mi muñeca izquierda no reposaba mi reloj de pulsera pues, solía quitármelo todas las noches. No tener reloj me hacía suponer que las horas se extendían en los momentos más perniciosos. Me pregunté cuándo terminaría este sueño, porque tenía que ser eso; un sueño.

Meditabunda, cavilé sobre el sitio. ¿Por qué todo parecía tan mortecino y desértico? La tierra se hallaba cuarteada por la falta de agua de una manera alarmante. Observé el cielo, se veía rojizo y ardiente, era agobiante retener la mirada en lo alto, incluso a través del vidrio del auto. Una descarga de terror me asomó por la piel al plantearme la idea de que todo esto podría ocurrir en la vida real, refiriéndome al planeta Tierra, por supuesto. Esto era un sueño, pero realmente la realidad podría llegar a verse así. Eso hizo que mi ansiedad creciera como la espuma; me revolví el cabello con ambas manos.

De vez en cuando me agradaba el silencio más que escuchar música, no obstante, en ese instante deseé que el rubio engreído colocara en la radio alguna canción, aunque no me gustara. Necesitaba que la melodía me reconfortara y mantuviera mis pensamientos en calma, mas claramente no ocurrió. El calor era cada vez más intenso y deduje que en algún momento me derretiría. Mis brazos se encontraban rojos y me ardían, lo que me hizo recordar la razón por la que odiaba tener la piel blanca: me quemaba por cualquier cosa.

Justo cuando asimilaba la idea de desmayarme ante aquel calor tan asfixiante, mi "estimadísimo" acompañante se detuvo. Alcé la cabeza esperando ver alguna casa, pero todo lo que vi fue un hueco enorme sobre la tierra.

—Abajo es seguro —indicó tras salir del auto—, mucho más que una casa a la vista de todos.

—Para mí, una casa al aire libre tiene la seguridad requerida —rebatí, tratando de abrir la puerta del auto en vano; su forma de abrirse era muy compleja, nunca antes había visto ese tipo de mani a.

—Eres más inepta de lo que suponía —se burló con desdén abriendo la puerta con gran facilidad. Sin prestarle atención, bajé de puntillas y me asomé frente al gran hoyo que había en el suelo. Él continuó—. Tenemos que bajar por ahí para llegar a la guarida, imagino que al menos sabes trepar por las rocas.

—Obvio —dije sentándome a la orilla del agujero, disponiéndome a dar la vuelta. No iba a permitir que siguiera burlándose de mí como se le venía en gana.

—Entonces no eres humana —rio él con sarcasmo—, nadie puede trepar una pared tan empinada que yo sepa.

No puede ser. ¿Cómo no me di cuenta? Caí en su trampa como una estúpida sin reparo. Miré en dirección de las paredes rocosas y solo hasta entonces me fijé en lo peligrosas que se veían. Ricitos de oro no paraba de carcajear como si se le fuese la vida en ello mientras mi dignidad se arrastraba por su causa. Pensé en hacer algo, aun así... ¿Qué podía hacer? Lo único que hice fue esperar gentilmente a que cerrara la boca, lo cual, tardó un poco más de lo necesario.

—Te mostraré cómo se hace, diosa de la ignorancia —rio de nuevo—, si no logras hacerlo, estarás muerta muy pronto.

De la parte delantera del auto, extrajo algo que, según mi conocimiento, podría catalogar como una soga de acero. En una de sus puntas tenía cuatro triángulos que parecían hebillas, las cuales se incrustaron fácilmente sobre la tierra. Al ver como la cuerda se perdía en la negrura del hoyo, capté lo que había que hacer.

—¿Dejarás el auto aquí afuera? —lo inquirí sin haberme animado del todo a bajar.

—Claro que no, no soy un estúpido como tú —sacando un objeto de su bolsillo, algo que se veía muy similar a un control remoto diminuto, se lo colocó cerca de los labios y añadió—. **Blue Canary** 1-6-8, request principal transformation.

Nunca fui del todo buena con el inglés así que lo miré perpleja. No transcurrió ni un segundo después de ello cuando observé que el auto comenzaba a desbaratarse, o quizás a transformarse pues, pasó de ser un vehículo a convertirse en algo muy similar a una caja mediana que aún conservaba las ruedas. Abrí los ojos impresionada, ese tipo de tecnología estaba a otro nivel de mi saber. Luego, desde cada extremo de la caja, salieron unas extrañas pinzas con las que asió fácilmente una de las paredes del hueco y principió su descenso.

—¿Eso era...? —el asombro no me dejaba hablar ni pensar con claridad.

—Así es —sonrió con altivez sin explicar nada en concreto—, ahora, baja de una buena vez.

Abajo, todo era más luminoso de lo que tenía premeditado.

Bajar por la cuerda hizo que me cortara y casi quemara las manos por el roce acelerado del descenso. Las palmas me sangraron y aunque me ardían jodidamente, opté por encubrir el dolor y no revelarlo en voz alta. Una vez que tocamos el suelo con los pies, comenzamos a caminar por el sitio. El recinto se asemejaba bastante a una cueva. Al compás de dicha acción, analicé brevemente lo que había. Quizá capté un par de muebles rotos o demasiado viejos y sucios, muy a pesar de poseer una arquitectura más futurista que arcaica. No había ventanas, claramente, no obstante, la luz que irradiaban unas extrañas lámparas de platino, era suficiente para iluminar cada esquina oculta del lugar. Sobre una larga mesa metálica, había loza bien escasa además de algunas prendas de vestir a medio doblar y en mal estado. También observé cachivaches sin sentido regados por doquier, pero lo que más sobresalía impensablemente, eran los aparatos tecnológicos; podría atribuirles un nombre o alguna función, sin embargo, creo que no atinaría correctamente. Nunca antes había visto nada igual.

—¡Abuelo, Kristen, ya llegué! —informó el rubio a mi lado alzando la voz.

La cueva no tenía pasadizos o pasillos por los que se pudiera voltear, era un espacio ancho y lineal en donde cada objeto reposaba sobre alguna pared. Desde el fondo, la figura de dos personas emergió lentamente. Como lo preví, observé un hombre viejo junto a una chica aproximándose. El anciano se hallaba prácticamente calvo. Tenía una barba larga de un blanco casi impecable que le caía bajo el esternón, unos pequeños ojos grisáceos que miraban todo atentamente y un aspecto de sabiduría cubría su rostro enjuto y arrugado. La chica era de piel morena, cejas perfiladas, grandes ojos cafés, cabello ondulado de color rojo... sin mencionar su estatura que no superaría la mía. Por alguna razón, me agradó con solo verla.

—Encontraste una sobreviviente —sonrió el anciano con ternura.

—Ella solo es una avería del destino —replicó el rubio con hosquedad.

—¿De dónde vienes? —me cuestionó la chica llamada Kristen, detallándome con curiosidad—. Esa ropa y esa piel tan blanca no son muy usuales hoy por hoy.

—Soy de Bogotá, Colombia —respondí con voz queda—. Creo que solo estoy soñando y pronto despertaré —añadí a manera de disculpa, sin desechar la idea como cierta.

Los tres me miraron por un par de segundos antes de echarse a reír con amplitud. Por lo visto, yo era la única aquí que no entendía el chiste.

—Te lo dije abuelo —comentó el rubio, colocándose un rizo tras la oreja—, ella es solo una avería del destino. Solo espero que su torpeza sea manejable.

—¡Y tú solo eres un granuja detestable! —rugí, harta de su patanería. Solo quería regresar a casa.

—Derek, creo que deberías tratarla un poco mejor —el viejo le otorgó una mirada de reprobación al rubio. Así que su nombre era Derek... —, ahora ella va a vivir aquí.

—No lo creo —refutó Derek con arrogancia—, los trogloditas no merecen un trato digno. Solo nos retrasaría.

—¡Mi nombre es Isabel, pedazo de tonto! —grité exasperada, mis manos revolvían mi cabello involuntariamente—. Y agradezco mucho la hospitalidad que me ofrecen, pero pronto despertaré y regresaré a casa —aseguré menos convencida que antes.

—Eso no sucederá —murmuró Kristen, mirándome con cierta lástima—, esto no es un sueño por mucho que así queramos que sea. Lamentablemente, esto es la realidad.

—Pero...

—¿Recuerdas qué hacías antes de aparecer en este lugar? —agregó ella, analizándome—. Me refiero a tu vida en Bogotá.

—Bueno... yo estaba durmiendo —repasé mi memoria—, luego de haber pedido un deseo con un gato de porcelana.

Kristen y el abuelo intercambiaron miradas.

—Esperen —comenté, evitando reír—, no pensarán que mi deseo me trajo hasta aquí, ¿verdad?

—¿Qué deseaste? —preguntó el anciano.

—Cambiar mi vida por completo —respondí sin darle importancia. El silencio se hizo tan insoportable que decidí romperlo—. Vamos, solo fue una estupidez que hice, los deseos no se cumplen de esa manera tan estricta y menos gracias a un objeto inerte.

Nadie comentó lo que dije.

Capítulo 5 (Derek)

—Así que el tonto arrogante se llama Derek Bizop —bufó ella, la recién llegada, la que decía llamarse Isabel. No le presté atención.

No sé el porqué, pero me molestó profundamente escucharla pronunciar mi nombre junto a mi apellido, fue como si se apoderara de lo mucho o poco que soy de una forma detestable y poco honrosa.

—El abuelo y Kristen se demorarán más de lo que me gustaría, así que procura cerrar el pico —solté con tono agrio en lo que me disponía a buscar en un estante, algo de medicamento para sus brazos quemados por el sol.

—No te preocupes —susurró mientras su mente posiblemente se debatía entre la realidad y el razonamiento—, en cuanto lleguen tu abuelo y tu novia les pediré que me regresen al desierto en el que me encontraste, seguro allí debe estar el gato de porcelana. Si es cierto aquello que dicen de que todo esto ha sido su culpa, volveré a mi realidad con solo desearlo.

—Kristen no es mi novia —siseé descargando sobre la forastera, mi furia neta en una sola mirada—, ella es igual de fastidiosa a ti y peor. No hace más que suspirar por tonterías que no vienen al caso.

Debo admitir que ese comentario provendría bien de un niño inmaduro; no solo era ridículo sino también innecesario. Lamentablemente vine a descubrirlo cuando ya lo había dicho.

—¿Suspirar? —Isabel me miró con malicia—, ya veo. Estás enamorado de ella, pero ella suspira por alguien más, ¿no es así?

—El silencio es un don que muy pocos utilizan —agradecí haberle dado la espalda, seguro me había sonrojado y no deseaba que lo notara. No es que me gustara Kristen, pero... —. Cambiando de tema, ¿por qué quieres regresar a tu vida de siempre? Si pediste cambiarla, debe ser por algo.

—Es cierto —replicó, repentinamente desanimada. Hablaba tan bajo que tuve que esforzarme por escucharla—, siento que no encajo en esa vida, en lo que hay a mi alrededor. Sin embargo, reconozco que hay cosas buenas en ella, como Fanny... aunque no siempre la tenga en cuenta.

Isabel se había sentado en la cama que el abuelo y Kristen compartían mientras su mirada recaía en el suelo. Sin que lo notara, observé su cabello púrpura. No parecía estar teñido, pero... ¿en serio era ella? Quiero decir, no sabe ni cuidarse por sí misma. De todos modos, ella realmente podría ser útil, por eso la traje hasta aquí, y el abuelo Xavier lo sabe. Sé que él sospecha lo mismo que yo.

—Toma —dije a la vez que le entregaba el frasco de medicina para las quemaduras que había hallado en el botiquín—, colócate un poco en las partes donde te ha dado el sol, te ayudará a cicatrizar rápido y evitará el ardor.

Creí ver una intención de darme las gracias, mas no lo hizo. Asió el frasco con la punta de los dedos y este no tardó en resbalarse hasta caer al suelo. El piso arenoso quedó humedecido por el derramamiento del líquido y los vidrios se desparramaron cerca de sus pies.

—Qué ignorante —resoplé, fastidiado de su torpeza—. ¿Acaso crees que era cualquier basura fácil de conseguir?

—No... No fue mi intención —me miró con el ceño fruncido—, pero, si quieres, puedo pagarlo.

—Sí que eres idiota. El dinero es lo que menos interesa aquí —me agaché para recoger los trozos de vidrio, alguien podría lastimarse si no lo hacía—. ¿Por qué no agarraste el frasco con las manos? No tienes que ser tan delicada siempre.

—¡No me da la gana! —chilló. ¡Vaya! Qué infantil es, frente a ella parezco casi un anciano. Vagamente me pregunté cuántos años tendría—. Para ser sincera, no necesito que me des ningún tipo de droga, estoy bien.

Arrojé los pedazos de vidrio en la basura, percatándome de que ya teníamos acumulada bastante de ella para quemar. Cuando volví, Isabel tenía la cabeza agachada, reposando las manos sobre las piernas y... sus manos temblaban. Al observar mejor, percibí un poco de sangre en el pantalón de su pijama, entonces comprendí. Del botiquín saqué otro frasco de medicina.

—Extiende las palmas —ordené con una voz que no permitía ningún tipo de negación.

—No es necesario —aunque era un gemido, no sonaba como algo débil.

—No te lo estoy preguntando así que obedece. Ya sé que te lastimaste.

Isabel dio un leve respingo acatando la orden. Cuidadosamente, derramé un par de gotas del líquido transparente en cada una de sus palmas. Luego, le vendé las manos con un pedazo de trapo que hallé cerca.

—Se supone que hay que lavar la herida primero —pienso que dudó antes de relatar esa frase. Y cómo no, una persona desagradecida está condenada al sufrimiento.

—El agua es escasa, ni creas que voy a desperdiciarla en ti —expuse ignorando su altivez.

—¿Puedo saber a dónde se fueron Kristen y tu abuelo? —cambió de tema rápidamente.

—Fueron a conseguir algo de comer —expliqué, mirándola detenidamente—. Lo bueno es que tu no pareces comer mucho, te ves anoréxica.

—¡Eso no es cierto! —siendo carcomida por una histeria sorprendente, Isabel se puso de pie para gritarme. Sus vendas se tiñeron sutilmente de rojo cuando empuñó las manos con furia.

Sonreí con arrogancia ante su berrinche. Para ser sincero, tenía una bonita figura, nada del otro mundo, pero estaba bien; obviamente no iba a decírselo. Los cumplidos solo incrementan el ego en los miserables seres humanos.

—Ese gato del que hablaste, el del deseo… —omitiendo su exaltación, me senté en la cama cerca de ella y dirigí la conversación hacia otra dirección—, ¿cómo lo conseguiste?

—Me lo obsequiaron —dijo, evidentemente más tranquila.

—¿Quién? —me he dado cuenta que cuando el tema parece interesante, las mujeres suelen guardar silencio o ser muy cortantes. ¿Alguien puede entenderlas?

—¿Y por qué tendría que decirte? —sonrió con desdén.

—No es que me importe —aseguré con naturalidad, se me daba genial ocultar mis intereses—, es por tu bien.

—No veo en qué puede ayudar que te diga quién me lo dio —vaya, era lista después de todo.

—Como sea, no vas a encontrar ese objeto aquí.

—¿Por qué lo dices?

—Solo lo sé, tonta, se llama sexto sentido.

—No te creo —disintió Isabel tras haber callado por uno o dos largos minutos—, solo eres un odioso belicista.

—¿Belicista? —no creo que una imbécil como ella sepa el peso de esa palabra. Esas nueve letras retumbaron en mi cerebro de manera irritante y llegué a detestar a Isabel por varios segundos—. No creo que sepas lo que dices. Eres una estúpida, deberías medir tus palabras.

Debió notar mi mal humor porque no volvió a hablar hasta que el abuelo Xavier y Kristen regresaron. Al captar la tensión en el ambiente, Kristen se alejó con Isabel un par de metros hacia la salida, en tanto que yo me quedé con el abuelo cerca de las camas.

—Ella no es —murmuré, mirando sin mirar hacia adelante.

—Ella sí es —sonrió Xavier. A veces detestaba que él fuera tan amable y amoroso, como si eso sirviera de algo—, Kristen y yo estamos seguros de ello.

—¿Por qué? —cuestioné perezosamente.

—Sexto sentido —afirmó con una sonrisa amena.

Rodé los ojos con hastío. Esa frase era muy de mi abuelo y yo de cierta manera se la había heredado. Lo malo en ella es que no era explícita, y odio las cosas que no pueden comprenderse. Aun así, mi abuelo tenía razón, yo también estaba seguro de que Isabel era la chica que buscábamos, aunque quisiera negarlo. ¿Por qué tenía que ser ella? Siempre creí que la muchacha que buscábamos era una mujer guerrera, de grandes curvas y excitante. Isabel, por el contrario, es todo lo opuesto a eso; solo una niñita con un cuerpo algo más adulto que ella. ¿Realmente podría hacer algo positivo aparte de sobrevivir?

—Ella quiere buscar el objeto que la trajo hasta aquí —miré al abuelo.

—Ese objeto no debe estar cerca, seguro ha desaparecido —apuntó él con certeza.

—¿Y qué pasaría si el artefacto sí está?

—No está aquí.

—¡Vamos abuelo, supongamos!

—Tú tendrías que convencerla de que se quede —me lanzó una mirada meticulosa.

—Jamás —me crucé de brazos y sacudí la cabeza para rectificar mi respuesta—. No voy a rogarle a esa inepta que se quede, apuesto a que estamos mejor sin ella.

—No creo que tus padres estuvieran contentos con esa respuesta —explicó el abuelo con suavidad—. Aún hay esperanzas de que haya una solución para este problema y todo gracias a Isabel.

—Por favor, abuelo —refunfuñé—, hablas de ella como si fuera Dios. Es solo una tarada que no sabe ni lo que quiere. Kristen es mucho más poderosa que ella.

—Puede ser así por ahora, sin embargo, sabes que el poder de Kristen solo es destructivo, no hay nada que pueda arreglarse a cuenta suya, por eso necesitamos a Isabel.

—Todavía no estamos seguros de que sea ella —para ser sincero, mi obstinación siempre ha sido más que grande.

—Para eso estás tú, Derek, para comprobar si es ella o no, la chica que estamos buscando.

Capítulo 6 (Isabel)

Me recosté sobre la pared rocosa de la cueva para evitar el leve mareo que estaba experimentando. Sentía un picor insoportable en las palmas de las manos, ardor en los brazos y rostro y, sobre todo, tenía mucha hambre. Demasiadas cosas negativas para haber ocurrido en un solo día. Intenté simular que me encontraba bien, de todas formas, Kristen achinó los ojos y me observó con duda.

—¿Te sientes mal? —ella realmente hizo la pregunta, aunque tuve la sensación de que ya sabía la respuesta.

—No es eso —contesté, evasiva—, solo quiero regresar a casa.

—Isabel —murmuró Kristen con delicadeza, pensando en cada palabra que iba a decir—, no vas a volver a casa, por lo menos no por ahora.

—¿Cómo lo sabes? —Kristen parecía agradable, pero no me gustaba que dijera eso.

—Tal vez yo no sea la indicada para contártelo, aunque puedo decir que es importante que te quedes.

Suspiré mientras a lo lejos, vi que Derek continuaba platicando con el anciano. ¡Dios! No quería tener que soportar a ese chico ni un minuto más, era un engreído de lo peor. A pesar de haberme engañado descaradamente, Louis a su lado lucía casi como un monaguillo.

—Pero no quiero quedarme —insistí con testarudez y cierta indignación—. No me lo tomes a mal, tú eres agradable y Xavier también. Derek en cambio...

—Lo sé —rio ella con complicidad—, pero no lo juzgues sin darle una oportunidad. La vida ha sido muy dura con él, por eso es así.

—¿Qué le ocurrió? —de repente sentí gran curiosidad por conocerlo mejor. ¿Realmente su actitud merecía la redención?

—Bueno... tuvo que ver a sus padres morir en las garras de los *Majinghost*, lo cual fue verdaderamente cruel.

—¿Los Majinghos? —sentí la palabra extraña en el paladar al pronunciarla de manera poco asertiva.

—Bueno... Es una larga historia, pero... —suspiró—, ellos son los causantes de todo este desastre —al escuchar eso, decidí quedarme callada para que continuara, quería oír la narración completa. No sabía qué tan cierta era mi estadía en aquel sitio, pero se jactaba de ser como mínimo, triste e interesante—. Los Majinghost son seres creados por el hombre; bien podrías llamarlos zombis, homúnculos, robots o como desees. El problema en ellos es que son entidades que solo se complacen con la destrucción, hacer daño, matar gente... La ciencia y las agencias de inteligencia de las potencias mundiales mantuvieron el secreto por muchos años en lo que practicaban eso de *Ensayo y Error* cientos de veces. La idea principal era disminuir la sobrepoblación en todo el mundo sin causar mucho alboroto, como sucede con las guerras o los desastres naturales, así que crearían a estos seres quienes se encargarían de eliminar poco a poco un 70% de la población en cada país, de esa forma, los recursos naturales prevalecerían por más tiempo.

>>Los Majinghost tienen la capacidad de razonar por cuenta propia y pueden usar el 80% del poder cerebral que tiene un ser humano, por lo que poseen la habilidad de usar telequinesis, ciertos dones regenerativos, telepatía, hipnosis, entre otros. La mayoría de ellos poseen más de un miembro mecánico, con los que suelen lanzar salvas de energía o bombas explosivas.

>>Con el correr de los años y, después de que mucha gente muriera para que la creación de estos seres resultara como lo tenían previsto, sucedió lo que siempre

debieron suponer, pero no hicieron o ignoraron: los Majinghost se fueron en su contra. La orden era asesinar a los más pobres de una manera cauta e insospechada, además de evitar que se reprodujeran con tanta rapidez, orden que claramente los Majinghost no obedecieron. Lo que hicieron estos sujetos fue lo que ves, destruir todo, daba lo mismo si eran ricos, pobres, bellos, feos... ellos solo se complacen destruyendo. Es la única orden que ven en sus cerebros, como si fuera un ideal.

>>Además de todo lo ya dicho, los Majinghost no conformes con asesinar a la gente, también absorben sus almas, las devoran. Gracias a eso pueden hacerse invisibles, aunque casi no lo hacen porque no lo ven necesario.

Abrí la boca en una O muy grande, mientras mis ojos se desparramaban como platos; esa historia era demasiado aterradora para ser verdad, aunque cabe destacar que la malicia humana no parece tener límites. El vello se me erizó desde la columna vertebral hasta la cabeza. Kristen, quien siempre se mostraba como una chica amable y sonriente desde que la conocí, en ese momento se hallaba muy seria, por lo que era difícil imaginar que lo que acababa de contarme fuera mentira o solo una broma de mal gusto.

—¿Qué año es este? —quise saber de repente. Empezaba a considerar la idea de un posible viaje en el tiempo, así que debía comprobarlo. La respuesta me daba miedo, más del que ya podría estar sintiendo con semejante situación, de todas maneras, necesitaba la verdad por extraña y aterradora que fuera.

—2088 —replicó Kristen, no sin haberlo dudado largo rato.

Tragué saliva y cerré los ojos para estabilizarme. ¿70 años? ¿Había viajado 70 años al futuro? En este tiempo, yo debería ser una anciana jorobada e inactiva si continuara con vida. Cuando pedí cambiar mi vida, nunca imaginé que este podría ser uno de esos cambios... Quizá debí ser más específica al pedir el deseo, supongo. Ahora, ¿por qué ese deseo me trajo hasta aquí? Kristen dijo que yo era importante. ¿Yo? ¿Cómo se supone que yo podría arreglar este desastre? Esa sí que es la demencia más desaforada que he oído en toda mi existencia, y más cuando suelo pensar que nací para ser salvada y no para salvar. Pero si fuese cierto, podría jurar que el destino existe; el destino me hizo detestar mi vida para que así pidiera alguna tontería que me trajera hasta aquí. Kristen pareció percibir mis pensamientos porque me miró con interés antes de decir:

—Con tu ayuda, este desastre podría desaparecer.

—No pensarás que eso es cierto —repliqué con voz grave—. Bueno, realmente es horrible esta situación y desearía que no fuera de esta forma, de todos modos... solo Dios puede arreglar esto. ¡Mírame! Solo soy una mujer de 24 años que se porta en muchas ocasiones como una adolescente y... lo reconozco.

—Nunca he dicho que Dios o la energía madre no está presente —sonrió—, pero, a veces el Universo maestro actúa por medio de su creación, de hecho, lo hace casi siempre sino es que siempre.

Guardé silencio. ¿Cuántos años tendría Kristen? No lo sabía, aunque al hablar, ella mostraba cierta sabiduría. Era raro, muy raro pensar que yo era algo más que una simple contestadora. Lo único que rondaba por mi mente era confusión.

—¿Qué se supone que debo hacer entonces? —interrogué pensativa.

—Derek es quien debe decirte eso —concluyó ella.

—¿Por qué él? —renegué.

—Dale una oportunidad, es un buen chico.

—¿Y estás segura de que él piensa lo mismo de ti?

—Sí —asintió, convencida y ligeramente sorprendida por mi pregunta—. Incluso si dice que soy una idiota, una inútil o cualquier insulto que pueda imaginar, sé que nuestra amistad es más importante que eso, sin mencionar que, si yo llegara a estar en peligro, él daría su vida para salvarme si fuese necesario.

Eso no sonaba muy a Derek, pero yo no era quien para decir nada sobre él. Un par de horas a su lado solo me habían enseñado su peor faceta, aunque en mi concepto, una buena era casi impensable.

El anciano y Derek se aproximaron entonces. Cuando miré a Derek, pensé en sonreír con amabilidad, inclusive lo intenté; solo faltó ver su detestable cara de agrieras y su mirada verdosa contaminada de superioridad para que desistiera en el propósito de llevarnos mejor. Contrario a ello, hice un mohín de desprecio y rodé la mirada en otra dirección.

—Hagamos un trato, Kristen —dije lo suficientemente alto para que todos oyeran—. Vamos en busca del gato de porcelana. Si lo encuentro, me iré y ustedes me dejarán ir sin preámbulos, pero si no... —dudé un segundo, decidiéndome al final a proseguir—, me quedaré y los ayudaré en lo que pueda, aun cuando crea que es una pérdida de tiempo.

—Está bien, trato hecho —confirmó Kristen justo en el instante en el que Derek había abierto la boca para decir algo—, Derek te acompañará.

Capítulo 7 (Derek)

No puedo creer que esté perdiendo el tiempo de esta manera. Ese gato de porcelana... A veces solo deseo que realmente esté allí, en medio de la nada. Si Isabel es nuestra única esperanza, la muerte de pronto me parece más agradable. No logro entender cómo el abuelo y Kristen consintieron esta estupidez. Resulta que ahora la niñita Isabel requiere tapete rojo mientras medita con despreocupación, si está dispuesta a ayudarnos o no, es despreciable. Ni siquiera quisieron escucharme cuando les dije que los Majinghost podrían ir hasta nosotros en lo que ella buscaba su pedazo de basura. Sé que el desierto no es tan peligroso, pero...

—¿Por qué le hablas en inglés al auto cada que le das una orden? —la voz de Isabel era un sonido grave y amortiguado por el hecho de hallarse devorando un emparedado que Xavier le había dado. No tenía ningún reparo en hablar con la boca llena. El ronroneo del motor se me hacía de pronto más agradable de escuchar.

—Porque es la única forma en la que los Majinghost no captarán la diferencia —expliqué con indiferencia—. El idioma que prevalece ahora es el inglés, si alguien no sabe inglés estará en serios problemas. Si le das una orden a un Blue Canary en español, es casi un suicidio, los Majinghost lo sabrían enseguida y no tardarían en encontrarnos.

—¿Por qué? —cuestionó luego de tragar.

—Porque los Majinghost solo comprenden el inglés. Hablar español o cualquier otro idioma puede ser una ventaja después de todo.

—En ese caso debería ser lo contrario, si comprenden el inglés a la perfección, sabrían cada orden que reciben los vehículos tecnológicos.

—Es un buen punto de vista —fruncí el ceño y sonreí—. Sin embargo, los Majinghost poseen una conexión especial con la tecnología, como si estuvieran ligados a ella de alguna forma programada. Si le das una orden en español u otro idioma a un Blue Canary o a cualquier otro aparato hecho exclusivamente de tecnología, los Majinghost sentirán una vibración diferente a la que no están acostumbrados y no tardarán en hallar de dónde proviene. No pueden saber la orden que se les da ni en inglés ni en ningún otro idioma, todo se trata de energía. Es por ello que con el inglés no sienten nada, o posiblemente sienten lo mismo que siempre sienten... *"si es que sienten"* pensé con rencor para mis adentros.

—Ya veo, debes odiarlos demasiado —esa frase le salió casi inaudible, imagino que solo pensaba en voz alta. El problema es que la oí, y eso me hizo suponer que Kristen había hablado más de lo que le correspondía.

—No necesito la lástima de nadie, y mucho menos la de una idiota como tú —sentí mi respiración acelerarse y la sangre caliente bajo mi piel.

—Yo no... —su gesto largamente sorprendido hizo que mi ira se acrecentara.

—¡Cállate, estúpida! —la interrumpí con furor—. Solo eres un problema.

—Mi nombre es Isabel Rivero, por si no lo recuerdas —gruñó entre los dientes, sus ojos cafés me miraban por el espejo retrovisor con furia contenida—. Si no me quieres cerca, más te vale que me ayudes a regresar a casa. Yo tampoco es que quiera seguir con un cretino, ¡mechas de trapero!

—¡¿Qué dijiste?! —rugí, frenando el carro en seco. Me di la vuelta para encararla—. Te convendría mucho que me pidieras disculpas ahora mismo.

—¿Y por qué habría de hacerlo? —miró a otro lado con despreocupación—. A los arrogantes hay que darles una cucharada de su propia medicina.

La miré con odio sostenido, pero de nada servía porque ella miraba en otra dirección. Oprimí los labios y tras un largo rato, me di por vencido. Si de mí dependiera, la enviaría con boleto VIP directo a ser estofado de Majinghost. Claramente, no debía pensar solo en mí, tenía que pensar en los demás y, aparentemente ella era importante. ¿Debería tratarla bien? Aquel no era mi interés en lo absoluto, no obstante, podía hacer las cosas más afables entre los dos y así menguar nuestra antipatía.

—Está bien, Rivero —comenté, colocando el Blue Canary en funcionamiento, ligeramente más calmado—, tú ganas esta vez.

—No es muy cortés que me llames por el apellido —vociferó Isabel con lentitud—, pero supongo que no puedo pedirle flores a la ortiga.

—Eres un verdadero fastidio —repuse—, las cosas nunca saldrán a tu gusto totalmente. Y para que lo sepas, tampoco tienes permitido llamarme por mi nombre, así que nunca lo digas.

Afortunadamente, Isabel no comentó nada más por el resto de la trayectoria. Miré el cielo a través del cristal, serían alrededor de las cuatro o cinco de la tarde, el sol aún picaba en el ambiente. Estuve tan ensimismado en todo y en nada al mismo tiempo, que no caí en cuenta de cómo los segundos se volvían minutos, y los minutos, horas. Cuando menos pensé, nos encontrábamos justo en el sitio en el que la vi en la mañana.

—Tienes suerte de haberte topado en mi camino —repliqué burlón, abriendo la puerta trasera del auto para que saliera; la tierra estaba tibia, lo suficientemente fría para que pudiera caminar sin contratiempos—, de lo contrario, ahora serías huesos fritos.

Me lanzó una mirada, mas no dijo nada luego de bajarse. Tras inspeccionar superficialmente el lugar, se volvió hacia mí.

—¿Qué hacías antes de hallarme? —interrogó.

—Reparaba el Blue Canary —ni siquiera sé por qué le contesté.

—¿Qué tenía?

—Solo unas pequeñas averías.

—¿Lo hiciste cerca de aquí?

—Haces demasiadas preguntas —me senté junto al auto y la miré desde abajo, dándome cuenta de que no era muy grato que una mujer me mirara desde arriba y menos una como Isabel—. Puedes buscar tranquilamente tu estúpido gato, yo te esperaré aquí sentado.

—¿No vas a ayudarme? —parecía sorprendida, no veo por qué—. Digo, tú eres el que más me quiere lejos.

—Es una razón bastante válida —sonreí—, pero no. No pienso mover un dedo por ti.

Isabel gruñó antes de comenzar su labor. Sí, quería que se fuera, pero también sabía que eso no iba a ocurrir, descontando el hecho de que supuestamente, lo mejor era que se quedara. El sol comenzaba a ocultarse por el occidente en lo que me preguntaba qué tanto tiempo estaría dispuesta Isabel a dedicar para encontrar ese pedazo de basura. Dos horas más, eso era lo máximo que iba a darle para que lo hallara, total, estaba clarísimo que serían dos horas perdidas.

Debí quedarme dormido por algún rato, porque cuando abrí los ojos, di un respingo al ver que Isabel me observaba sentada frente a mí; el sol no se veía por ningún lado.

—Perdón —se disculpó, girando la cabeza hacia su derecha—. Dormido pareces amigable.

—Eso no es muy cortés de tu parte —murmuré con la voz ronca por el sueño—, pareces una acosadora.

—Por favor —estiró los labios como una niña malcriada—, no te creas tan afortunado, Bizop.

—¿Y bien? —me coloqué de pie despacio, ignorando su comentario. La espalda me dolía levemente—. ¿Encontraste lo que buscabas?

—... No —también se puso de pie y me observó con enojo, como si yo tuviera la culpa—. Ríete si quieres, pronto hallaré la forma de irme de este lugar.

—¿Quién ha dicho que me apetece que te quedes? —arqueé una ceja—. De hecho, yo también quería que lo encontraras.

—¿Y por qué no me ayudaste a buscarlo entonces?

—Porque sabía que era una pérdida de tiempo. Ahora, ¿piensas cumplir tu promesa o no?

—Claro que lo haré, aunque sea lo que menos desee, siempre cumplo mis promesas. Lo que no sé, es qué tanto pueda hacer yo.

Pensé en decir algo, pero sinceramente no había nada qué decir. Le abrí la puerta trasera y para mi leve asombro, no puso objeción en subir. Adentro, la observé desde el espejo retrovisor; tenía la mirada perdida y por un instante quise saber qué tanto podría pensar alguien como ella. Suspiré, estaba cansado y este día había sido muy largo.

—¿El Blue Canary se descarga? —cuestionó de pronto.

—El sol es su energía —susurré algo extrañado por su cuestionamiento. Al parecer, ella suele preguntar todo tipo de cosas cuando menos lo espero—. Siempre hay sol.

—Qué bueno.

Vaya, qué chica más extraña. *"¿Algún día me acostumbraré a su presencia?"* Pensé a través del silencio cauteloso de la noche.

Capítulo 8 (Isabel)

Ha transcurrido una semana desde que aparecí en esta detestable época y aún no termino de acostumbrarme. Además de que todo aquí está muerto y destruido por culpa de los seres que dicen llamarse Majinghost, también he tenido que soportar los ecos que produce la voz grave de Derek cada que pronuncia un insulto hacia mí.

Algo positivo a destacar es que mis heridas han sanado por completo. Luego de haberme resignado a la idea de que no podré salir pronto de este sitio, les pedí a mis acogedores que me dieran unos días para pensar pues, necesitaba relajarme y prepararme mentalmente para lo que estaba por venir. Todavía no sospechaba la manera en la que yo "podría" ayudarlos, mas sí advertía el asunto frente a mí y la incapacidad de lograr evadirlo.

Había perdido por completo la esperanza de despertar. Había pensado en Fanny y en lo mucho que la extrañaba, pero indudablemente, Louis se robó mis principales pensamientos. Pensé en el hecho de que me diera el gato de porcelana. ¿Él habría intentado pedir un deseo con aquel objeto? De ser así, ¿se le habría cumplido? Debí preguntárselo cuando tuve la ocasión, pero simplemente no se me ocurrió. Para mi yo de entonces todo esto sería una pesadilla.

Miré el vestuario que usaba, Kristen me lo había prestado. Una blusa entre naranja y rosa, seguramente se había desteñido, unos vaqueros grises y unos tenis de plataforma color salmón. Todo me quedaba un poco ancho exceptuando los zapatos.

La vida aquí era difícil, había que ahorrarlo todo. Kristen me contó que cada semana aproximadamente, tenían que salir en busca de agua, medicinas, alimentos, algo de ropa… si había, y unos cuantos implementos de aseo. Lo que no me dijo fue de dónde lo sacaban todo. Si algo agradecía era el sanitario; quedaba en lo más profundo de la cueva y tenía el sistema de evacuación de uno común y corriente, además almacenaba automáticamente el agua después de la ducha. El baño se prestaba con muy poca agua, pero yo conseguía hacer magia con lo que me daban. La ropa no se podía lavar, aun así, había un extraño polvo que, al ser diluido en un poco de agua, eliminaba la suciedad de una manera rápida y sorprendente.

Respecto a la salida al exterior, estaba prohibida. Los tres acordaban que solo salían cuando era necesario. Tampoco se quedaban en un punto fijo, lo cual no era conveniente al parecer, el riesgo que Derek había tomado conmigo en la búsqueda del gato de porcelana, había sido más grande de lo que yo suponía.

Sentada en un rincón, observé el hueco que daba hacia afuera, era tan alto que el sol no conseguía iluminar esta parte. Esta realidad era triste, demasiado para mi gusto. ¿Cómo pude haber deseado cambiar mi vida anterior por esto?

—Creo que ya te hemos dado tiempo suficiente —afirmó Derek a mi lado, no lo vi venir—, no podemos seguir esperando.

—No estoy segura —no me tomé la molestia de voltear a verlo—, aún no he pensado lo suficiente.

—¿Pensar? —lo oí reír—, vamos, no mientas, tú no sabes qué es eso.

—¿Siempre eres tan despreciable? —decidí voltear a verlo. Tenía el cabello recogido en una coleta y se veía muy bien. La camiseta y pantalón que usaba eran de color blanco y gris oscuro, respectivamente. Las zapatillas negras siempre eran las mismas.

—Solo cuando me inspiro —cada que me analiza con tanto cinismo, me da la impresión de que puede leer hasta mis pensamientos.

—¿Qué quieres?

—Eso ya lo sabes Rivero, quiero que desaparezcas —alcé ambas cejas y él añadió—. Por ahora, tengo que conformarme con contarte lo que has estado evadiendo todo este tiempo.

—Si tú no quieres contarme y yo no quiero escuchar, siempre podemos esperar.

—Definitivamente lo de idiota no te lo quita nadie —extendió la mano para ayudarme a colocar de pie, pero no quise aceptar su ayuda.

—Dame tiempo —comenté naturalmente, mirando hacia otro lado.

Contrario a marcharse como supuse que haría, haló fuertemente el cuello de mi blusa, obligándome a quedar de pie. Con una mezcla de sorpresa y enojo, lo miré a través de las pestañas.

—¡Eres un cretino! —tanteé empujarlo, pero él fue más rápido; me agarró de las muñecas con tanta brusquedad que dolió.

—Y tú eres un estorbo —siseó, estrellándome contra la pared rocosa; varias puntas sobresalientes se ensartaron en mi espalda de forma hiriente—. ¿Qué crees que puedo hacer contigo?

Sentí que la respiración se me estancaba, sus ojos contenían un brillo extraño. Siempre había sabido que Derek era un odioso detestable, mas era la primera vez que le tenía miedo. Él debió notarlo en seguida porque me soltó y me dio la espalda.

—Es importante que lo sepas —dijo. Tardé un poco en comprender que se refería al motivo por el que me hallaba aquí, en este tiempo.

—Está bien —declaré con algo de temor y amabilidad en mi tonalidad, no tenía ganas de ser golpeada gracias a su enojo—. Voy a escucharte.

—¿Lo harás? —al darse la vuelta, vi que estaba serio, aunque tranquilo.

—Me gustaría salir afuera —esa petición rondaba más de una vez por mi mente y ya no pude retenerla.

—Es peligroso —murmuró Derek habiendo hecho una pausa.

"Al parecer, no más peligroso que tú..."

—Solo serán unos minutos —pedí una vez más al ver ese halo de duda en sus ojos verdes—. Además, tú mismo has dicho que en el día no es tan peligroso como en la noche. Será como cuando fuimos a buscar la porcelana.

Sabía que el riesgo era alto, no obstante, estaba lejos de ser mortal.

Nos miramos por largo rato. Supe que dentro de su cerebro se creaba un gran debate. Si me decía que no, al igual iba a escucharlo pues, él tenía razón, yo solo estaba pensando en mi bienestar, sin mencionar el hecho de no querer hacerlo enojar. Aun así, rogué en silencio que leyera en mi rostro lo mucho que quería y necesitaba salir.

—No es bueno que salgamos tan seguido —explicó Derek a la vez que conducía el Blue Canary sin rumbo fijo—, así que no podemos demorarnos más de una hora.

—Bien —esta vez, el destino no era hacia el desierto que era lo único que yo conocía, esta vez pude ver escombros de lo que seguramente había sido una ciudad anteriormente. Era inevitable no sentir pena por todo aquello—. Algo de música estaría bien —agregué.

—Me temo que no —negó con indiferencia—, los Majinghost lo notarían.

—¿Por qué no, y si la colocas en inglés?

—La tecnología es a veces usada también por *bots* típicos, como lo son aquellos creados por Google entre otros muchos, por lo que no es inusual para los Majinghost sentir ese tipo de energía —explicó Derek con tanta tranquilidad que casi me sorprendí—; quedan algunos a medio servir en ciertas partes. Sin embargo, cabe destacar que nunca escuchan música, jamás, por lo que colocar alguna canción solo podría ser una orden que daría un ser humano.

—¿Acaso hay algo de lo que no puedan enterarse? —me quejé, harta de esos sujetos, aun cuando no los había visto ni una sola vez.

—Bueno, no leerán tus pensamientos así que puedes estar tranquila, no sabrán lo tarada que eres.

Coloqué los ojos en blanco, ese era el Derek que yo distinguía. Apostaba a que no lo habían besado en mucho tiempo y por eso era así.

El Blue Canary se detuvo en medio de una calle. Cuando mi "amigo", el rubio, me ayudó a salir, pude detallar mejor las ruinas; parecía que un gran tornado había pasado por ahí.

—¿Esto realmente tiene solución? —pregunté, compungida por aquel panorama.

—Eso mismo me pregunto yo —dio una mirada de soslayo a su alrededor—. Según el abuelo y Kristen, tú eres esa solución.

—¿Cómo? —ya no podía seguir evadiendo este momento y, aun así, era la primera pregunta que hacía sin que me interesara la respuesta.

—Según parece, eres una *maga blanca* —cuando lo dijo vaciló al hacerlo, así que no supe cómo determinar esa acción—. Las magas blancas son muy escasas. Su poder de pelea es muy bajo, casi nulo, sin embargo, su poder de defensa y sanación es incomparable. Se dice que solo una maga blanca podría revivir una ciudad o incluso un planeta destruido.

—Eso parece un cuento —atiné a comunicar—, y aunque fuera cierto, ¿yo, una maga blanca? No lo creo.

—Tu cabello ha sido así siempre, ¿no? —parecía tranquilo, como si supiera que yo no iba a creerle.

—Sí —pensé en mentir, pero tarde o temprano lo descubriría, sin mencionar que eso de ser maga blanca empezaba a resonarme en el cerebro, aunque no lo creyera del todo.

—Esa es la prueba principal. Así como las magas negras poseen cabello negro, rojo o azul, las magas blancas siempre nacen con el cabello de color fucsia, lavanda o púrpura, no hay error.

—Eso suena interesante, pero...

El radio comunicador del carro comenzó a vibrar con un ruido ronco, por lo que Derek se lanzó sobre el auto como si se le fuera la vida en ello. Cuando me acerqué, Derek procuraba mejorar la calidad del sonido mientras preguntaba una y otra vez si alguien podía escucharlo.

—Derek... —era la voz de Kristen, el sonido se cortaba—, Xavier... ven... ellos están...

—Sube —ordenó Derek tras abrirme la puerta, hice caso inmediatamente.

El Blue Canary se desplazó a una velocidad sorprendente, no sabía que eso era posible; me sentí presenciando una carrera de automóviles en la que yo me hallaba concursando.

Al ver la angustia en el rostro de Derek, quise decir algo que pudiera tranquilizarlo. De todos modos, no dije nada pues, conociéndolo como lo conozco, solo lograría que me gritara o se estresara peor. Tan pronto como llegamos, descendimos en el hoyo. Abrí mucho los ojos al ver la escena; todo estaba tirado, desordenado o roto, estaba claro que se había presenciado un combate o algo muy parecido a ello.

Kristen, herida, sostenía a un Xavier tirado en el suelo, empapado en sangre.

—Lo siento, Derek —gimoteó Kristen —¡Peleé contra ellos con todas mis fuerzas... eran muchos para mí!... Solo conseguí que no se llevaran su alma.

Derek se arrodilló junto a ellos, sus ojos se cristalizaron debido a un par de lágrimas que amenazaban con derramarse. El pecho se me comprimió, era algo duro de presenciar, me encontré llorando también. De repente, Derek se paró delante de mí, su mirada me atravesaba.

—Tienes que salvarlo —musitó—. ¡Tienes que salvarlo!

El aire se escapó de mis pulmones, no solo me pedía un imposible, ¡me lo estaba ordenando!

Capítulo 9 (Derek)

Apenas vi el desastre en la guarida, supe lo que había ocurrido. Mi abuelo yacía en brazos de Kristen, sobre el suelo, agonizando. Un nudo se atenazó en mi garganta amenazando con atragantarme. A mi mente regresaron imágenes que no quería recordar, imágenes de la muerte de mis padres, de la muerte de Ema. A pesar de que mi mamá era una mujer corriente, una latinoamericana alegre y hermosa, era la mujer más valerosa que yo había conocido en toda mi existencia. Mi papá en cambio... bueno, él era un estadounidense promedio que trabajaba para el gobierno de su país. Con el tiempo, no demoraría en convertirse en un ratón de laboratorio, para luego de algunos años, ser un Majinghost, el primero en su especie y el primero en poseer un cerebro humano, lo que lo haría capaz de decidir según sus sentimientos.

Varios hombres más tuvieron que morir antes de mi padre, varios fueron como él sin que la suerte estuviera de su lado. No me atrevo a decir una cifra exacta, pero me temo que fueron cientos, cientos de tipos que soñaban con ser el primer Majinghost o, por el contrario, no podían huir de ese destino. Gracias al acierto que obtuvieron con mi padre, la nación halló la fórmula secreta para así crear a los demás, solo que estos no eran más que seres artificiales hechos a base de tecnología militar.

Los Majinghost promedio no albergan sentimientos. Descontando a mi padre y a la asesina de Ema, todos son iguales, seres inertes incapaces de sentir cualquier cosa de forma emocional. Sin embargo, sí pueden razonar, por lo que pronto llegarían a la conclusión de que no querían ser manipulados por nadie, empezando de este modo a matar y destruir todo a su antojo. Fue entonces cuando mi padre intentó hacer algo para evitar el desastre, pero lo único que consiguió hacer finalmente, fue huir junto con mi madre y mi abuelo.

Durante el tiempo en el que permanecieron escondidos, mis padres se dieron a la insensata tarea de traerme a la vida, a la vez que pensaban constantemente en una posible solución al asunto. No obstante, la situación era cada vez más problemática y la solución parecía más lejana. Con el correr de los años, llegaría uno de esos días inesperados, uno de aquellos que cambian tu vida rotundamente sin importar si es para bien o para mal, un día que nunca podré olvidar, aunque fuese tratado por el mejor psiquiatra del mundo. Ocurriría lo impredecible y al mismo tiempo, demasiado predecible: los Majinghost nos encontraron.

Mi papá peleó contra ellos de una manera admirable, incluso mi madre que no tenía ningún tipo de poder, lo intentó también. Yo era un adolescente de 16 años más temeroso que valiente. A mi padre, en un descuido, lo abrieron en dos de un tajo y a mi madre le arrancaron la cabeza desde los músculos de su cuello. En ese entonces, yo ni siquiera había terminado de superar la muerte de Ema. Sí, los Majinghost son seres expertos en crueldad y sadismo, sus matanzas son escalofriantes y desastrosas. Muchos años pasaron antes de que yo superara ese día, si es que lo he superado.

Ver a mi abuelo en ese estado creó en mí una miscelánea de sentimientos negativos. No quería perderlo, no podría soportar un dolor tan fuerte de nuevo, era demasiado para mí. Por esa razón, me dejé llevar por la desesperación y dirigiéndome a Isabel, le grité:

—¡Tienes que salvarlo!

Ella me miró aterrada, como si le estuviera pidiendo un imposible. Yo dudaba de su poder, pero ahora más que nunca deseaba que ella fuera la persona que buscábamos, ella tenía que salvarlo, de algo tenía que haber servido aguantármela todo este tiempo; algo debía salir bien al fin, solo algo...

—Derek... —murmuró Kristen con cuidado.

—¡Hazlo! —volví a gritar, el llanto de Isabel se intensificó.

—¡No puedo! —gritó Isabel, revolviéndose el cabello con cierto estrés—. ¡No sé cómo hacerlo!

—Derek, tranquilízate —instó Kristen con la voz ahogada.

Sin pensármelo dos veces, agarré con fuerza a Isabel de los hombros y la arrinconé contra la pared de la misma forma que lo hice la primera vez esta mañana. Ella abrió mucho los ojos, visiblemente aterrada.

—¡Déjala, Derek! —me riñó Kristen con la voz entrecortada—. ¡Solo la estás asustando!

Mis ojos continuaban atravesando los de Isabel mientras ella lloraba sin producir ruido alguno. Al verla en ese estado, entendí que Kristen tenía razón, solo me estaba dejando llevar por el dolor, solo estaba atemorizándola. La solté con parsimonia sin dejar de mirarla. El dolor no se iba, pero sí el tiempo.

—Por favor —rogué. En ese instante, no me importó rogarle a una persona como ella, no me importó que sintiera algún tipo de superioridad sobre mí, siquiera pensé en ello. Lo único que me importaba en ese momento era la vida de mi abuelo, él era lo único que me quedaba de mi madre y no quería perderlo—, sálvalo.

—Pero no sé cómo —gimió ella—. Te juro que quisiera ayudar, pero...

—Solo inténtalo —insistí, creo que mi cuerpo temblaba levemente.

No sé qué tan patético podía verme, no le presté atención a mi lamentable estado. A través de mis ojos, traté de comunicarle el dolor que me quemaba por dentro, además de admitir en silencio, que solo ella podía aminorarlo. Luego de dudar durante algunos segundos que me parecieron interminables, Isabel se dirigió hasta mi abuelo, quedando de rodillas a su lado.

—¿Cómo podría empezar? —interrogó Isabel a Kristen.

—Solo extiende las manos hacia él y concéntrate —respondió mi amiga—, debes creer que puedes hacerlo.

Isabel siguió las instrucciones de Kristen tanto como creyó posible. Extendiendo las manos sobre el abuelo Xavier, cerró los ojos y respiró profundo; Kristen y yo la mirábamos con atención. Yo solo conocía el poder de una *maga negra,* ya que Kristen lo era. Sabía que su aura podría resplandecer desde el color morado hasta el negro y cuanto más se percibía a la vista, más fuerte era su poder de ataque. Por otro lado, desconocía cómo actuaban los poderes de una maga real como posiblemente lo era Isabel. Lo poco que sabía era gracias al abuelo quien, por cierto, tampoco conocía la primera maga real en persona. Imaginé que el color de su aura sería blanca o amarilla, sin poder afirmar nada en concreto. Mi mente se blanqueó por completo y mi concentración se resumía a las manos de Isabel. Los nervios me producían una especie de fuerza invisible en el centro del estómago.

No me atreví a contar el tiempo de espera, aunque está de más decir que me pareció sempiterno. De repente, noté cómo de la punta de los dedos de Isabel comenzaban a salir chispas de energía; podría compararlo físicamente con algún tipo de *escarcha* muy brillante y de color amarillo, como las chispas que emite un pedernal.

Como si tuviera vida propia, la escarcha no tardaría en dirigirse específicamente hacia las heridas que tenía mi abuelo, las cuales, cabe destacar, eran bastantes. Isabel parecía en otro mundo en lo que la escarcha seguía actuando; Kristen y yo observábamos boquiabiertos.

Cuando la energía dejó de emanar de sus dedos y las luces se volatilizaron en la noche, mi abuelo emitió un gemido. Isabel abrió los ojos pausadamente en lo que yo me arrodillaba cerca de él.

—Abuelo… —apenas si pude escucharme yo mismo mientras tomaba una de sus arrugadas y callosas manos entre las mías—. ¿Cómo te sientes?

—Te lo dije, Derek —su voz era opaca, pero sabía que estaría bien—, ella es la chica correcta.

Un par de lágrimas escaparon de mis ojos. En mi interior había un enredo de tristeza y felicidad que no terminaba de asimilar. Quería abrazar a mi abuelo, pero sabía que mi fuerza solo conseguiría estropearlo. Contrario a ello, miré a Isabel y la abracé. No sé por qué lo hice, tal vez solo fue un impulso. Por un lapso muy largo de tiempo llegué a creer que perdería de nuevo a alguien querido, y saber que no era el caso, me permitía aguardar un poco de esperanza.

—Gracias —susurré cerca de su oído. Ella correspondió débilmente mi abrazo mas no dijo nada.

Capítulo 10 (Isabel)

—Eres un bombón, sabía que aceptarías —sonrió Kristen ampliamente, guiñando un ojo.

—Solo lo hago porque no hay más opciones —reveló Derek con frialdad.

En silencio, observé a Kristen y a Derek al tiempo que les ayudaba a recoger las pocas cosas que los Majinghost no habían destruido; no eran tantas, así que la labor terminaría pronto. Luego, las depositábamos sobre el Blue Canary el cual, en forma de caja rodante, las llevaba hasta la superficie para en poco tiempo regresar por más. A pesar de hallarme físicamente ocupada, mi mente volaba inquieta sin parar. El hecho de haber logrado salvar a Xavier era algo que aún me costaba creer. Yo, Isabel Rivero, ¿le había salvado la vida a alguien? Eso parecía, aunque el recuerdo que tenía de ello se manifestaba casi como una ensoñación.

Sin embargo, lo que más me inquietaba era el abrazo que Derek me había otorgado. Aún podía oír en mi cerebro su humilde *"gracias"*, repitiéndose una y otra vez cual disco rayado. No supe si en algún momento él consiguió escuchar el ruidoso latir de mi corazón, o al menos ver el rubor en mis mejillas; no lo creía así y supuse que era lo mejor.

Cuando mi mirada chocó casualmente con la de Derek, bajé la vista inmediatamente. No sabía cómo retener mis ojos en los suyos, ni siquiera sabía cómo se suponía que debía tratarlo de ahora en adelante.

Entre ambos, Kristen y Derek, subieron a Xavier cuidadosamente para que no se lastimara. Al culminar con ello, la pelirroja bajó por mí.

—¿A dónde vamos ahora? —pregunté al ver que solo estábamos las dos.

—A la guarida de los Bennett —explicó ella con cordialidad.

—¿Quiénes son los Bennett?

—Son unos americanos muy formales —Kristen guardó silencio un instante. Luego, como si rememorara algo interesante, sonrió con picardía y añadió—. Derek los detesta, pero yo sé que es porque les tiene envidia de algún modo.

¿Envidia? En ese momento, recordé cuando Derek había mencionado que Kristen se la pasaba suspirando por cosas innecesarias. ¿Serían ellos la causa? Tal vez Derek realmente estaba interesado en Kristen, tal vez eran celos más que envidia. Resoplé con cansancio al pensarlo y me dediqué a subir con la ayuda de la pelirroja; necesitaba evitar reflexionar de más sobre temas que no eran de mí incumbencia.

Una vez arriba, noté que el Blue Canary cargaba pesadamente por todos lados, los objetos que habían sido rescatados. Xavier y Derek se hallaban adentro, el anciano parecía dormir. Kristen abrió la puerta del copiloto y cuando pensé que subiría, me invitó a pasar.

—Estaré bien en la parte de atrás —me excusé débilmente.

—Si llegaran a haber problemas, me convendría ir en la parte de atrás —informó Kristen casual.

Si continuaba insistiendo en disentir, se darían cuenta que no quería ir adelante con Derek, obviando el hecho de que no había tiempo que perder.

Derek conducía el auto a toda velocidad con gran pericia, por lo que evitaba fácilmente ser demasiado brusco. Yo, por mi parte, me sentía muy incómoda. Creía que cada movimiento que realizara me iba a delatar.

—¿Cuántos eran? —interrogó Derek, mirando al frente. No tardé en saber que se dirigía a Kristen.

—Alrededor de 15 —contestó ella—. A todos los exterminé, pero estoy segura de que dieron la señal de alerta.

—¿Dónde dejaste sus cadáveres? —intervine, sutilmente interesada.

—Cuando mueren, los Majinghost se vuelven polvo y el viento no tarda en llevarse lo poco que queda de ellos —sonrió Kristen atenta.

Increíble. No cabía duda de que los Majinghost eran la combinación perfecta entre la ciencia y la tecnología.

—¿Los destruiste sola? —ya conocía la respuesta, pero aquello sinceramente me sorprendía.

—Fue una gran batalla —comentó complacida, sus heridas se encontraban vendadas con trozos de tela—. Tuve suerte, Xavier era lo que más me preocupaba.

—¿Cuántos Majinghost existen en total? —suponía que demasiados, mas no imaginaba cuántos.

—Miles —Kristen no sonrió esta vez—, he matado a cientos, mas nunca es suficiente.

—Aun así, eres más fuerte que ellos...

—Bueno... —por medio del espejo retrovisor, pude ver que Kristen miraba por la ventana como si no quisiera hablar del tema. De todas formas, continuó—, eso es porque hice algo de trampa. Cuando los Majinghost mataron a cierta gente y olvidaron o no quisieron robar sus almas... yo lo hice por ellos —noté que a través del espejo,

Kristen y Derek intercambiaron miradas, parecía que se comunicaban algo secretamente—. Tanto los Majinghost como los magos negros poseemos ese despreciable don; comer almas aumenta considerablemente nuestro poder.

Me quedé pasmada y no dije nada más, lo que acababa de revelarme era horrible. Se suponía que había que exterminar a los Majinghost, no ser como ellos. El corazón vibró con fuerza dentro de mi pecho y la ansiedad no me permitía tener las manos quietas; tuve que contener las ganas de revolverme el cabello. Miré hacia afuera, si supiera abrir la puerta del Blue Canary, seguro estaría contemplando la idea de arrojarme al exterior.

—Cuando un mago negro muere, las almas que absorbió son liberadas —escuché a Derek murmurando a mi lado—, cosa que no ocurre si es un Majinghost el que las traga. Podría verse como una pequeña retención antes de su marcha hacia la eternidad.

Lo miré, pero él no hizo lo mismo. ¿Por qué me decía todo eso, tan evidente era mi incomodidad? Por la razón que fuera, consiguió hacer que me tranquilizara un poco, por lo menos ahora sabía que a pesar de ser una maga negra, Kristen tenía buenas intenciones.

—Por fin el ratón se dignó a salir de su ratonera —comentó con sarcasmo, un chico de cabello alocado y amplia sonrisa. Se dirigía a Derek—. Te advertimos que ese *cambuche* no duraría para siempre.

Derek lo ignoró haciendo un gesto de fastidio antes de darse la vuelta.

El viaje había terminado con la llegada a una casa que quedaba al aire libre, era grande e incluso presentable. Desde el exterior no podía verse, y fue Kristen quién me explicó que aquello se debía a un **campo de reserva** que había sido utilizado allí, un campo que tenía la labor de impedir la visión de algo a simple vista, simulando un espejo. Solo podía notarse al ser atravesado.

—Ellos son los Bennett —relató Kristen, señalando a los tres jóvenes frente a nosotros. Físicamente se parecían mucho, exceptuando algunos detalles. El de la izquierda y el del medio tenían el cabello castaño claro y corto mientras que el de la derecha lo poseía negro y le caía en una coleta lacia hasta la cintura. Todos tenían ojos azul zafiro, piel besada por el sol, acento norteamericano y gran estatura—, no es difícil entrever que son hermanos. Es aquí donde mayormente conseguíamos lo que necesitábamos. Sam —dijo, señalando al del cabello negro, quien además, era bastante serio—, es un mago negro, es como yo. Scott —señaló al del medio, el de la sonrisa amplia—, él es un mago de metal, capaz de atraer cualquier tipo de metal hasta él sin mayor problema. Y Austin —esta vez señaló al de la izquierda, era el más bajo y parecía ser el más joven—, es un mago gris. Él sabe todo sobre campos de protección y es capaz de acelerar el proceso de crecimiento de cualquier ser vivo; animales, vegetación, etcétera.

—En el sótano tenemos una huerta —indicó Austin con una dulce sonrisa—, de allí obtenemos los alimentos que necesitamos. También puedo hacer que el agua se multiplique un poco, pero como pierdo mucha energía en ello, no lo hago muy a menudo. El campo de reserva... bueno, también lo hice yo.

—Qué cretino —se quejó Scott, dirigiéndose a su hermano menor—, hablas como si todo se debiera a ti.

—Tal vez no todo, pero sí lo más importante —Austin guiñó un ojo, sobradamente. De todas formas, era un jovencito demasiado tierno como para que consiguiera verse al nivel de Derek o Scott.

—Hay varios magos en esta época —comenté, extrañada.

—Qué nombramiento tan inerte y poco creativo. ¿En serio, Magos? —susurró Sam. Su mirada se perdía en alguna pared, supongo. Su voz era grave y pausada—. Somos una creación. Nacimos humanos, pero alguien experimentó con nosotros hasta hacernos lo que somos. La palabra *magia* solo viene del reino de lo ilusorio.

—¿Qué? —cuestioné. ¿Samuel parecía estar en desacuerdo con la denominación de magos, o era mi impresión?—. Ustedes son magos, ¿no? —claramente incluí a Kristen en mi conteo.

—Claro —respondió Kristen con una risita extraña.

—¿Y hay más... seres como ustedes? —me sentí un poco confundida respecto al tema de magos o creaciones, pero preferí no profundizar sobre ello.

—No —informó Scott—, somos los únicos.

—¿Quién les dio esos poderes? —dejé que mi curiosidad o, probablemente mi necesidad de respuestas, surgiera.

—No hace falta que lo sepas —intervino Derek, sus ojos eran neutros y afilados—, a veces es mejor no saber demasiado.

—No seas egoísta —sonrió Scott, entrecerrando los ojos—, ella merece saber la verdad.

Derek lo ignoró por completo. En cambio, me asió de la muñeca derecha y me haló hasta llegar al segundo piso. Tras caminar un poco, entramos a una habitación en la que reposaba un gran futón sobre el suelo. Xavier dormía tranquilamente en él. Distraídamente, observé uno que otro cajón que reposaba por allí.

Nos quedamos de pie en la entrada.

—No es necesario que hables demasiado con ellos, Rivero —me aconsejó, o tal vez me ordenó.

—¿Y quién responderá mis preguntas entonces? —por alguna razón agradecí que Xavier estuviera con nosotros, aunque fuera dormido.

—¿Qué quieres saber?

—Pues... —suponiendo que iba a contestar, me atreví a preguntar—. Para empezar, ¿cuántos sobrevivientes hay?

—¿Te refieres al planeta entero?

—Imagino que sí.

—No lo sé exactamente, posiblemente unas diez personas por país a lo sumo o, quizá, ninguna. No es algo que se pueda decir con seguridad.

—¿Qué país es este?

—Estados Unidos.

—¿Por qué hablan en español? Me refiero a los Bennett.

—Es un idioma confiable —suspiró con cansancio—. Uno de los más confiables, aunque en general, cualquier idioma exceptuando el inglés, es relativamente confiable.

—¿Hay riesgo de que los Majinghost nos descubran si hablamos en inglés?

—Es una probabilidad, no hay que descartarla. Aunque no tiene sentido que nos espíen tanto.

—¿Hay Majinghost en todos los países?

—Eso es bastante obvio, Rivero.

Vale, suficientes preguntas por ahora. Con letargo, llegué a la conclusión de que había respondido mi interrogatorio completo por lo que milagrosamente hice por su abuelo, de lo contrario, no hubiera sido tan amable.

¡Qué situación más problemática! Cada cosa nueva de la que me iba enterando con el tiempo, era sinónimo de sorpresa para mí. Solo esperaba encontrar en el camino, la fuerza y el valor para actuar como correspondía pues, algo me hacía suponer que lo que se venía no era precisamente sencillo.

Capítulo 11 (Derek)

Es agradable y relajante poder ver la oscuridad del cielo en la noche, así, sin tener que soportar la zozobra constante que dejan los Majinghost a su paso con su mera existencia. Aunque no me gustara del todo estar aquí, sabía que no nos encontrarían fácilmente, por lo que era un punto a nuestro favor.

No me negué la oportunidad de abrir la ventana para poder respirar un poco del aire gélido del exterior; el calor del día era lo único que recordaba en mucho tiempo y era como mínimo, exasperante. Cuando el viento me heló las mejillas por un buen rato, cerré la ventana y me di la vuelta solo para descubrir que Samuel estaba de pie, observándome. Di un pequeño sobresalto al verlo sin que él se inmutara. No supe en qué momento había entrado a la habitación, aunque no era raro que lo hiciera pues, era para los dos.

—¿Hablamos en español porque es más confiable? —preguntó con serenidad.

—¿Estabas escuchándonos? —debatí con otra pregunta.

—Olvidas que tengo un oído muy agudo y tú hablas demasiado fuerte —sinceramente detesto a este tipo, siempre es tan tranquilo y neutral... ¿Qué se cree, que estamos en un juego?—. Veo que quieres ocultarle muchas cosas a tu nueva "amiga" —agregó, haciendo comillas con los dedos—. Cosas importantes.

—Ella no tiene por qué saberlo —me crucé de brazos con espontaneidad—, no entendería nada.

—Vamos, Derek —me miró de frente—, es un tema muy simple. Mis hermanos, Kristen y yo, solo somos un "gran" experimento de tu padre, tú eres un error de cálculo, los Majinghost son la genialidad de autodestrucción llevada al límite, pero ella... ella es una maga real, de nacimiento. Tú y yo sabemos que eso de maga blanca, negra o lo que sea, no existe, solo es un apodo bonito para acentuar los dones especiales que se nos fueron dados, para denominar un rango solo porque el experimento funcionó mejor en el primero que en el segundo o viceversa.

>>Tu amiga, ¿Isabel es que se llama? Ella es una maga real. ¿Por qué intentas convencerla de que solo es una maga curativa? Tarde o temprano se enterará que su poder es muy grande, mucho, y su parte negativa saldrá a la luz. Creo que mejor se lo dices de una buena vez, así evitamos disgustos más adelante.

—No es conveniente que ella lo sepa tan pronto —refuté, frunciendo el entrecejo—, de hecho, Kristen y yo no queremos decírselo a menos que sea estrictamente necesario.

—Hmmp, qué infantil eres —cerró los ojos perezosamente—, ¿acaso le tienes miedo?

—Claro que no —resoplé en seguida. Aunque Isabel fuera el mismísimo Satanás en persona, seguiría siendo la misma de siempre: una mujer débil de espíritu—, pero si le decimos que su poder también puede ser destructivo, podría asustarse mucho y no sería capaz de controlarlo. Curó a mi abuelo con solo pensarlo, eso ya dice mucho. Por otra parte, no vuelvas a mencionar a mi padre, es demasiado oportunista de tu parte hacerlo.

Antes de que a Sam se le ocurriera cualquier tipo de respuesta, alguien golpeó a la puerta. Ambos guardamos silencio. Segundos después, Kristen entró en el cuarto.

—Hey, chicos —murmuró, arqueando las cejas—, ¿qué se supone que hacen?

—¿Qué sucede, Kristen? —interrogué.

—Es Isabel —indicó—, está hablando dormida y creo que dice cosas importantes.

—¿Y por qué no te quedaste a oírla? —rodé los ojos con evidente molestia y salí de la habitación. A la derecha, estaba la recámara que ahora Kristen compartía con Isabel y el abuelo.

Cuando entré en la habitación, Xavier estaba durmiendo profundamente. Me percaté de que su pulso estuviera correctamente con un leve toque en la muñeca, seguro mañana estaría mejor. Al otro lado, Isabel se quejaba en sueños. Kristen y Samuel no tardaron en aparecer.

—¿27 de diciembre, dices? —preguntó Isabel con voz soñolienta—. ¿Qué debo hacer?

—¿A qué se refiere? —cuestioné a nadie en particular.

—No lo sé —replicó Kristen, alzando los hombros—, siempre dice lo mismo.

—¿Siempre? —la miré detenidamente.

—Es que no es la primera vez que habla de esa fecha —informó mi amiga—, en la guarida, también lo hizo varias veces.

—¿Qué? —mi voz subió unos decibeles y mi abuelo se revolvió en las cobijas. Bajé la voz—. ¿Qué dices, por qué lo mencionas hasta ahora?

—Pensé que solo se trataba de una pesadilla continua —se disculpó Kristen sin afán.

—¿Por qué no puedes venir? —preguntó Isabel con furor a quien fuera que la oía en su sueño—. ¡No es justo!

—¿Intentaste despertarla alguna vez? —le pregunté a Kristen.

—No —Kristen levantó la mirada al techo—, esperaba que dijera el nombre de la persona con la que estaba hablando, o cualquier otra cosa.

—¿Y ahora?

—Solo lo que oyes.

—Intenta hablarle —intervino Samuel, quien hasta el momento nos miraba en silencio—, tal vez te responda.

Dudé un poco en hacerlo, mas estaba de acuerdo con él, cosa que, por cierto, me molestaba sobremanera. Miré a Isabel, ella se movía entre las cobijas como si estuviera desesperada o ansiosa; gemía y negaba con la cabeza. Para ser sincero, parte de mí dudaba que funcionara, sin mencionar que, en caso de fracasar, me iba a sentir como un tonto pues, el par de babosos atrás de mí me observaban con interés y sin parpadear.

—Isabel —susurré decidido, ¿qué podía perder? —, ¿puedes escucharme?

—Derek —jadeó ella—, te escucho.

Un corrientazo me recorrió el cuerpo al percibir que realmente me oía, como mínimo me parecía un poco aterrador. Respiré profundo para encontrar estabilidad, ella solo estaba dormida y cuando despertara, lo más probable sería que no recordara nada de esto.

—¿Con quién estás? —me animé a preguntar.

—Él no quiere que lo sepas —respondió luego de callar por más de un minuto.

—¿Por qué no? —refunfuñé.

—Porque no es el momento, aún no es el momento.

—¿Cuándo será el momento, falta mucho? —como no contestó, añadí—. El 27 de diciembre, ¿qué pasará ese día?

—El 27, el 27... —se revolvió nuevamente—. Sería muy bueno para tu salud que fueras tú quien los encontrara, sería útil que estuvieras preparado para lo que viene. Eres tú lo que buscan y lo sabes, eres tú...

Isabel abrió los ojos de golpe, su frente se hallaba levemente perlada en sudor. Yo tragué por el asombro, siquiera había empezado a digerir sus palabras.

—¿Qué crees que haces? —cuestionó Isabel frunciendo el ceño en cuanto me vio—, ¿me estás vigilando?

—¿Qué soñabas? —fue lo único que se me ocurrió decir en lo que retrocedía unos centímetros.

—¿Por qué? —me miró con recelo—, ¿estaba hablando?

—Pues... no lo sé —aparenté calma, o eso intenté—, ¿recuerdas algo?

—No —Isabel me miró extrañada antes de pasear la vista atrás de mí, sobre Kristen y Samuel. Al parecer, acababa de notar la presencia de ambos—. ¿Sucede algo?

—Solo tenías una pesadilla —comentó Kristen, sonriendo con formalidad mientras se acercaba—, quizá gritaste un poco y nos asustamos, solo eso.

—Perdón —se disculpó Isabel, sentándose con algo de esfuerzo—, no lo recuerdo. Pensé que tal vez hablaba dormida. Cuando vivía con Fanny, ella solía decirme que yo *parlaba* como una loca mientras dormía.

Quise preguntarle sobre ello, pero me arrepentí. Samuel y Kristen debieron llegar a la misma conclusión puesto que tampoco dijeron nada. Por lo visto, Isabel no tenía idea de lo que soñaba ni de todo lo que me había dicho. Ridículamente, creo que llegó a asustarme con lo que insinuó, y considerar la opción de que ella desconocía lo que me había advertido, me asustaba el doble.

—No vuelvas a gritar como una desquiciada posesa o voy a tener que amordazarte mientras duermes —fue todo lo que dije antes de irme a dormir.

Capítulo 12 (Isabel)

El ruido excesivo de algunos gritos, pequeñas explosiones, vibraciones en el aire, choques eléctricos y demás, retumbaron nuevamente desde el sótano hasta hacerme perder el sueño. Un poco somnolienta, me senté sobre la cama para adaptarme al posible hecho de levantarme.

Transcurrieron alrededor de unos tres o cuatro días desde que hallé a Derek espiándome mientras dormía. Al parecer decía algo importante que claramente olvidé y nadie quiso comentar tampoco. Al siguiente día, Derek y los Bennett comenzaron a practicar una especie de entrenamiento en el sótano por largo rato. Sí, conozco muy bien la necesidad de derrotar a los Majinghost, pero... ¿Por qué antes no hacían algo al respecto aparte de sobrevivir? ¿Qué los hizo cambiar de opinión? Vagamente me pregunté si tendría que ver con esa noche, si yo habría dicho algo revelador en sueños. Estaba muy segura de que la respuesta podría ser afirmativa.

—Hola, hola —me sorprendió Kristen entrando en la habitación, traía algo de desayuno—, imagino que debes estar hambrienta, pan y chocolate es todo lo que hay.

—Es más que suficiente —sonreí, recibiendo la bandeja. Había desayuno para ambas, así que nos acomodamos sobre la cama para compartirlo.

—Por cierto —dijo tras beber un sorbo de su espumosa bebida—, ¿cuándo cumples años, Isabel?

—Bueno... el 30 de noviembre —respondí, masticando un bocado de pan—. ¿Por qué la pregunta?

—¿Y tu amiga Fanny? —continuó ella, ignorando mi cuestión.

—El 7 de abril —torcí los labios en una mueca de disgusto—. ¿Sucede algo?

—Vaya —susurró Kristen entre los dientes, antes de mirarme con un gesto que denotaba timidez y pena—. No es nada, solo me preguntaba si el 27 de diciembre significaba algo para ti.

—Pues... no —comenté pensativa. ¿Por qué tendría que significar algo para mí esa fecha? Solo era el centro de Navidad y Año Nuevo—. No estaría mal que me comentaras lo que ocurre —añadí, sospechando con anticipación que las fiestas navideñas poco tenían que ver con el asunto.

—Bueno, es que... —me miró, resopló y siguió—, Derek me pidió que no te comentara. Aun así, reconozco que tienes derecho a saberlo —suspiró resignada antes de añadir—. Mientras duermes, hablas en sueños y dices esa fecha. ¿Sabes qué significa?

Tragando mi último bocado, resoplé con cansancio, debí haberlo supuesto. Así que en mis sueños hablaba de una fecha, una fecha que, de hecho, no significaba nada para mí. Ahora que lo pensaba, Fanny también había tenido que oírla; el comentario de Kristen me hacía prever que me había oído decirla en más de una ocasión.

¿Por qué Fanny nunca me comentó nada al respecto? O solo he hablado de ello hasta ahora o Fanny me lo ha estado ocultando por alguna razón.

—Vale, no importa —sonrió ella, un poco neutra. En la cara se le notaba que el hecho sí importaba, y mucho—. Si llegas a recordar algo, lo que sea, por favor no dudes en decírmelo.

Asentí. Kristen no tardó en salir de la habitación unos minutos después, llevándose los trastes consigo. Habiéndome quedado sola nuevamente, comencé a caminar por todo el cuarto con el cerebro hecho un enredo. ¿En qué punto de mi vida todo se había trastocado de esta manera?

En tanto que me lo cuestionaba, mis ojos se toparon con algo que llamó mi atención. Sobre la mesita de noche que reposaba a la izquierda del futón, yacía un lindo collar de oro con un corazón en la punta como dije; era uno de esos típicos colgantes que se abre, y dentro, se hallan las fotos de dos personas, generalmente enamorados. Eché una ojeada hacia atrás para comprobar que nadie venía antes de atreverme a abrir el corazón. Al hacerlo, me sorprendió mucho descubrir a la pareja.

A la derecha había una foto de Fanny y a la izquierda una de Louis. Achiné los ojos dubitativa y ligeramente confundida. ¿Sería posible? Al escuchar que alguien se aproximaba, velozmente dejé el collar en su lugar.

—Buenos días, Isabel —era el abuelo Xavier, se había levantado muy temprano en la mañana y hasta ahora lo veía.

—Buenos días —saludé de vuelta con una sonrisa... Eso, hasta que el collar calló al suelo.

Abrí mucho los ojos y el pulso se me aceleró, no me atrevía a mirar al anciano sin que la vergüenza fuera demasiado evidente. El silencio se hizo insoportable por unos segundos endemoniadamente eternos. Oí a Xavier acercándose a mí con parsimonia y tranquilidad mientras sentía mi cuerpo trémulo como la gelatina.

—Has espiado mi relicario —murmuró Xavier, recogiendo la alhaja con cierta dificultad—, eres muy curiosa.

—Lo... lo lamento… —tartamudeé, nerviosa. Si fuera una espía, fracasaría en mi labor—, yo no...

—Ellos son mis padres —explicó, omitiendo mis disculpas—, claramente podrás deducir lo que les ocurrió —su mirada se entristeció en cuanto sus pequeños ojos se toparon con las diminutas fotografías—. Para ese momento, yo tendría unos 28 años.

Fue entonces cuando los Majinghost aparecieron y empezaron a destrozarlo todo a su antojo.

—Ya veo —fue todo lo que pude decir, lejos de saber si Xavier desconocía el hecho de que Fanny era mi amiga, o no.

El silencio que se creó de improviso le permitió a mí mente dar rienda suelta a posibles quejas y cavilaciones. ¿Fanny y Louis juntos? Sentí ira y desprecio por los dos por un momento, especialmente hacia Fanny. ¡Era mi mejor amiga! ¿Cómo se atrevía a estar con Louis? Sin embargo, el sentimiento de reproche no duró demasiado dentro de mí porque, a decir verdad, no podía reclamar nada en una relación que ya no existía, sin mencionar que, en este instante, Fanny, la que yo conocía y no la del futuro, no se estaba planteando la idea de estar con Louis.

Recuerdo que cuando me despedí de Louis, llegué a sopesar la idea de ir a visitarlo a Medellín. ¿Lo habría hecho? En ese instante realmente quería hacerlo, muy a pesar de que el motivo principal era la vanidad, una vaga necesidad que me impulsaba a impedir que se fijara en mi amiga Fanny.

—Los conozco —me atreví a informar ya que, al parecer, el anciano no demostraba saber tanto como llegué a sospechar—. Sus nombres son Louis y Fanny, ¿no?

—Así es —Xavier entrecerró los ojos y me observó con suspicacia. En silencio, me animó a continuar.

—Ellos son mi ex novio y mi mejor amiga, respectivamente —ahora que lo pienso, es curioso que no me hayan interrogado demasiado por Fanny, a pesar de haber mencionado su nombre varias veces—. Si me lo hubiesen preguntado antes, no habría podido imaginar una unión como esa —con la voz un poco rota, agregué—. ¿Se amaban?

—Mucho —respondió el anciano, a pesar de sospechar el dolor que me causaría su respuesta—. Incluso si te encontraras justo ahora en tu presente no podrías evitarlo, su destino es estar juntos.

Me mordí la lengua con tanta fuerza que retuve las lágrimas con gran orgullo y eficacia. No sonreí puesto que sería algo bastante hipócrita de mi parte, pero sí conseguí asentir con cierta naturalidad. Xavier me miró detenidamente, él parecía ser muy bueno descifrando a las personas, mas esperaba ser la excepción.

Tras algunos minutos, Xavier se marchó de la habitación. Silenciosamente, agradecí que lo hiciera, la mezcla de enfado y tristeza que se originaba en mi interior, solo podría desaparecer si pasaba un rato a solas. Lamentablemente no tuve el tiempo suficiente para desahogarme por mi cuenta pues, antes que pudiera calmarme satisfactoriamente, noté que Derek entraba en la habitación.

—Quiero estar sola —comuniqué apenas lo vi. Mi tono poco amable sonaba como una orden casi desesperada.

—Pues no pienso irme —murmuró con altivez—, hazlo tú.

—Por favor —apenas si podía contener el furor en la lengua—, solo serán unos minutos.

—La sala está vacía —me retó sentándose sobre el futón, era evidente que estaba a punto de reírse.

—¿Por qué nunca puedes ser amable conmigo? —con dificultad, procuraba apaciguar el mal humor que comenzaba a dominarme, aun sabiendo que la culpa en el momento, recaía sobre mí y el mal ánimo con el que lo recibí.

—Bueno... ¿Quién querría ser amable contigo a no ser que experimente lástima por ti?

Tanteé calmarme, juro que lo hice, solo que no lo conseguí. Me abalancé sobre él y así como él lo hizo conmigo en el pasado, lo agarré de las muñecas y las inmovilicé a la altura de su cuello. No me había dado cuenta de la fuerza que estaba usando hasta que sentí que una de sus muñecas crujió bajo mis dedos. Sus ojos me miraron con algo de terror, luego, me empujó para sentarse en lo que revisaba su mano. Cuando la movió con la otra mano y su flexibilidad era incongruente, supe que tendría el hueso roto.

Capítulo 13 (Derek)

Ahogué una exclamación en cuanto me vi la muñeca rota. ¿Isabel había hecho esto? ¿A mí? De prisa, bajé hasta la cocina en busca de un cuchillo. Aunque estaba bastante seguro de lo que podía haber sucedido, tenía que comprobarlo.

Una vez allí, tomé el primer cuchillo grande que encontré y comencé a cortarme la carne de la muñeca de mi mano izquierda. Dejé que la sangre manara lo suficiente hasta comprobar mis sospechas; Isabel me había roto el hueso. Lo negativamente curioso de esta situación es que... ¡Mis huesos son de acero! ¿Cómo lo hizo?

Atrás de mí, Isabel se tapó la boca con ambas manos en cuanto me vio la muñeca abierta. ¡Diablos! Siquiera llegué a pensar que ella iba a seguirme.

—Tu hueso es... es... ¡de metal! —su voz era una mezcla de sorpresa y miedo.

—No me mires como si yo fuera el problema aquí —repliqué, cerrando los ojos—. Tú quebraste mi hueso... ¡Y era de acero!

—¿Qué eres? —me miró con recelo, como si el malo de la historia fuera yo, cuando fue ella quien me atacó sin previo aviso.

—Soy... —comencé a relatar sabiendo que culparla no serviría de nada, y menos aun cuando conocía bien sobre su posible poder. Hablando de mí, siempre había asimilado de algún modo lo que era, solo que de pronto me dio miedo reconocerlo en voz alta. ¿Ella iba a entender lo que yo no terminaba de aceptar?

—¡Dilo! —exigió saber Isabel hecha una furia.

—¡Soy mitad Majinghost!

Las palabras se escaparon de mí tan deliberadamente que quedé sin aliento.

Sí, esa era la verdad, mi triste verdad.

Siempre me encontraba escondiendo o negando mi naturaleza, mas no por eso iba a dejar de ser lo que era. Para mi mala fortuna, había heredado los genes de mi padre. ¿Qué podía hacer? Toda mi vida supe lo horrible que era ser Majinghost, aunque no lo fuera por completo, pero solo supe el peso de serlo cuando me topé con la mirada de Isabel. Era fría y reservada, decir que me hizo sentir como un insecto era poco. Su repudio era muy evidente, hasta el punto de darme cuenta que nunca antes, alguien me había mirado de esa forma.

Cuando menos lo esperaba, Isabel salió corriendo hasta desaparecer de mi cuadro de visión. Pensé en seguirla, pero sabía que no serviría de nada, ella no iba a entenderlo, no por ahora. A lo lejos, vi que el abuelo se aproximaba. Apenas se acercó lo suficiente, me lancé a sus brazos como un niño pequeño, de repente me sentía tan solo... En momentos así, solía creer que ser un Majinghost completamente sería la solución de mi existencia, aquellos seres solo viven para matar sin tener que soportar los estragos que los sentimientos o la empatía en sí misma, producen en los seres humanos.

—Debiste contarle desde un principio —sonrió el abuelo. Él era más bajo que yo, pero no le molestó tener que levantar el brazo para acariciarme la cabeza—. No la culpes, hoy ha sido un día demasiado informativo para ella.

—Me imagino. Su cerebro debe estar que explota porque sus dos gigas de *RAM* ya se han llenado —mi voz salió casi como la de un chiquillo enojado.

Xavier sonrió complacido, no sin antes sacudir la cabeza ante mi comentario. Solo él me conocía de una manera tan profunda, que incluso llegaba a mirar de la misma manera que lo harían mis ojos. Él entendía mi sarcasmo y lo que sentía sin que, muchas veces, yo le atribuyera el reconocimiento a cada sentimiento. Si alguien podía aconsejarme sin temor a equivocarse, era él.

—Llamaré a Scott para que te suelde el hueso.

Quise negarme, mas solo me dediqué a chasquear la lengua. Mis huesos no tenían el mismo efecto que el de los humanos, no bastaría con entablillar la mano para que así sanara. Para recuperar la movilidad, el hueso tenía que ser soldado, y para mi desgracia, solo Scott podría ayudarme justo ahora. También podría elegir quitarme la mano para que me saliera una nueva pues, tenía la habilidad de hacerlo, no obstante, eso implicaba dolor y no es que me apeteciera sentirlo en el momento.

En menos de nada, Scott apareció junto a mi abuelo, su sonrisa lobuna era lo que yo más detestaba.

—Vamos, Derek —me miró, complacido—, creía que eras más fuerte, apenas si entrenamos hoy.

—Aún tengo la mano derecha buena —recalqué, sonriendo de medio lado—, siempre puedo aplastarte con ella.

—¿Esa es la manera de agradecer la ayuda que voy a prestarte?

—Cállate, escoria científica.

Repentinamente, Scott se echó a reír como si se tratase de un enfermo mental. Si alguien disfrutaba de mis comentarios ociosos, ese era él. Rodé los ojos en lo que nos sentábamos frente al mesón de la cocina, evitando prolongar el tema. Enseguida, extendí la mano para que empezara con la labor mientras él me observaba el "hueso" con minuciosidad.

—Qué descaro —musitó—. ¿Quién te dio permiso de volverte la mano así sin que fuera yo el responsable?

—¿Y a ti quién te da permiso de hablar tanto? —bufé.

—Bueno, prepárate —indicó Scott convirtiendo su dedo índice derecho en una varilla de soldadura de aluminio, mientras sostenía una antorcha con la otra mano—, no dolerá.

Ignoré su comentario particular, siempre lo decía cada que tenía que remendarme un hueso. Era cierto, nunca dolía, solo podía sentir un calor insoportable cerca de la piel, pero eso era todo. A pesar de lo *bocazas* que era Scott, siempre era muy dedicado y nunca me había lastimado. Claramente, cuando nos enfrentamos en los entrenamientos la situación cambia, allí no hay espacio para la amabilidad.

Debo admitir que Scott es bueno peleando, y de los tres Bennett, él es el que menos me desagrada.

✦ ✦ ✦

—Tienes que hablar con Isabel —insistió Kristen, señalándome con un dedo acusador—, ¿vas a dejar que se vaya?

—No podrá ir muy lejos —proferí con fastidio—, primero la encontrarían los Majinghost y se divertirían con ella.

—¡Precisamente! ¡Por eso debes detenerla! —chilló mi amiga de manera apremiante, pero, sobre todo, exasperante—. ¿Vas a permitir que los Majinghost le hagan daño?

—Retiro lo dicho, pobres Majinghost si llegan a encontrarla.

—¡Derek!

—¡Está bien, ya no grites! —gruñí, harto de su retahíla—. Que te quede claro que no voy a rogarle a esa idiota.

Me quité las cobijas y me bajé de la cama sin desearlo sinceramente. En la cama de al lado, Samuel dormía profundamente, o eso aparentaba. Ya estando fuera de la recámara, Kristen me acompañó por el pasillo hasta encontrar la próxima habitación. Con su mejor mirada acusatoria, me obligó a entrar antes de marcharse. Adentro, Isabel se encontraba sola mirando por la ventana; tampoco había rastro del abuelo.

—Imagino que Kristen te mandó —murmuró ella con voz queda—. No hace falta que me convenzas de nada, ya he tomado una decisión.

—¿Y a dónde piensas ir a estas horas? —proferí con hastío—, ¿acaso eres idiota?

—Prefiero ser una idiota a tener que convivir con un grupo de monstruos creados por otros monstruos científicos.

¿Qué? Me quedé boquiabierto ante su comentario. Quizás era cierto, pero lo decía como si nosotros fuéramos los responsables de que así se diera. Podría haberme quedado callado, ignorar su falta de raciocinio, dejar que hiciera lo que le viniera en gana. No, lo único que hice fue unirme a su modo de actuar, permití que el enojo hablara por mí.

—Es cierto —sonreí con desdén—. ¿Y tú quién eres? Una pobre rechazada social que tuvo que desear cambiar su vida para sentir que medio valía la pena.

Ofuscada, Isabel se lanzó sobre mí. Por fortuna, mis reflejos fueron más veloces que sus movimientos, sinceramente no quería que me rompiera un hueso de nuevo.

Rápidamente, inmovilicé sus brazos atrás de su espalda a la vez que ella forcejeaba sin éxito.

Aún en la oscuridad, tenerla tan cerca hizo que me fijara en lo bonita que era. Bonita, odiosa y estúpida como ella sola.

—¿Qué quieres? —siseó, frunciendo las cejas.

—Siempre preguntas tonterías —susurré casi sin voz—, eso ya lo sabes.

—¿Por qué no me dijiste que tu padre era un Majinghost? Él fue quien les dio los poderes a Kristen y a los otros, ¿no? ¿Por qué tuvo que decírmelo Xavier?

—¿Tienes que saberlo todo siempre? ¿Acaso tú me hablas de tu vida?

—Siento que siempre quieres ocultarme cosas —en ese instante, su guardia bajó un poco.

—Era por tu bien —dije, soltándola.

—También tengo poderes negativos —musitó con desgana—, eso tampoco lo mencionaste. Aunque quiero que sepas que no me arrepiento de haberte lastimado, te lo merecías.

—Porque sé lo horrible que es que te digan que eres un monstruo cuando tú no decidiste ser lo que eres —ella abrió mucho los ojos sin pronunciar palabra, yo proseguí—. Lo raro sería que te arrepintieras. Dejando eso de lado... no es bueno para ti que te vayas, sin embargo, no voy a detenerte. Ya eres lo suficientemente adulta como para que puedas tomar tus propias decisiones.

—Lo sé, por ello me quedaré, pero tienes que prometerme algo… —creí ver una semi sonrisa en sus labios.

—Eso dependerá de lo que quieras a cambio.

—Quiero entrenar con ustedes.

Capítulo 14 (Isabel)

Ya perdí la cuenta de los días que he tenido que ver como Derek, los Bennett, e incluso Kristen, entrenan con sus "super poderes" mientras yo solo me dedico a observarlos con detenimiento y un poco de envidia. Derek me dijo que sería bueno que los observara primero antes de unirme a ellos, solo que han pasado las horas y ya me estoy aburriendo. En mi opinión, ya los he mirado el tiempo necesario para entender más que suficiente.

Austin es muy bueno en la parte defensiva, tanto propia como de quien desee. Tiene buena fuerza, más que un humano común y silvestre, aunque seguramente no es su mejor habilidad.

Scott es muy fuerte y resistente, además, es capaz de convertir cualquier parte de su cuerpo en metal. Esto se debe a que su sangre y su piel restituyeron los componentes naturales de un ser vivo, aunque no es algo que yo comprenda a la perfección.

Samuel y Kristen son los más poderosos según creo. Son capaces de hacer invocaciones y transmutar cualquier tipo de objeto en los cuatro elementos básicos, aunque dicha capacidad tiene un coste alto de energía. Quizá Sam es más fuerte que Kristen, imagino que por ser hombre, además, tiende a entrenar con mayor regularidad en entornos más complejos y peligrosos.

Derek, por su parte, es muy fuerte físicamente, pero indudablemente su parte Majinghost es lo que más sobresale de él. Es capaz de cambiar los componentes fisicoquímicos de los objetos para hacerlos más livianos o pesados, usa telequinesis y su nivel de hipnosis es increíble, sin mencionar que puede transmutar cualquier objeto existente en todo tipo de materia orgánica.

Cada que observo a Derek y su incesante fuerza de voluntad, me siento culpable por haber creído que él era como los otros, un monstruo, un destructor. Derek nunca ha sido el villano aquí, ni siquiera cuando coloca su sarcasmo por delante como una barrera de defensa contra el dolor del alma. A veces, cuando lo miro, suelo pedirle disculpas con la sinceridad de mi mirada, y solo hace falta que él sepa comprenderla.

En ocasiones, he llegado a pedirle a Xavier que me hable de su nieto como si se tratase de un secreto entre los dos. Según lo que escuché del abuelo, Derek es un joven de algún modo frágil, más de lo que yo o cualquier persona creería a simple vista. Es más joven que yo por un año, pero ha vivido muchas más cosas que un adulto promedio en mi actualidad.

—Suficiente por hoy —jadeó Kristen, agotada. Su rival era Scott—, de esta manera solo harán que me dé el doble de hambre.

—Yo pelearé con Scott entonces —intervine con un dejo de emoción.

—No —negó Derek de mala gana, me miró seriamente—, aún no.

—Vamos —refunfuñé con un puchero—, ya he mirado lo suficiente.

Derek no dijo nada más, solo se quitó la camiseta para absorber el sudor de su frente con ella, y se marchó por las escaleras. Sin que se notara demasiado, conseguí admirar su escultural e increíble torso antes de que desapareciera de mi vista.

Los demás se sentaron sobre el suelo o recostaron en alguna pared para descansar.

—Vamos Scott —comenté, acercándome a él. Scott reposaba de pies cruzados sobre el pavimento—, pelea conmigo.

—Ups, lo siento muñeca —indicó él, negando con la cabeza—, no quiero problemas con Derek.

—Él ya se fue —insistí. De hecho, todos habían comenzado a irse excepto Scott—, será nuestro secreto.

—Tal vez en otra ocasión —sonrió, colocándose en pie—. Cambiando de tema, debo pedirte algo. Cuida de Derek. Verás, yo he intentado hacerlo, pero como soy un hombre es muy reticente conmigo. En cambio, tú eres mujer...

Enseguida, Scott se marchó sin que yo pudiera adivinar por qué me decía todo ello. ¿A qué se refería?

Tuve que esperar a Derek por una hora en lo que se bañaba, se vestía, comía y cepillaba sus dientes. Horas atrás, me atreví a pedirle una explicación del porqué no me dejaba entrenar todavía, sinceramente ya estaba harta de tanta espera. Fue entonces cuando me propuso que lo esperara puesto que sería mejor platicar a solas. Aquello de hablar a solas iba más en serio de lo que suponía, tanto así que salimos al exterior; sí, fuera de la casa. Dicha situación me causó gran curiosidad.

—¿Qué es esto? —pregunté, refiriéndome al aparato en el que íbamos montados; se parecía un poco al Blue Canary, solo que era algo más grande, de un verde cromado y me daba la impresión de ser más sofisticado.

—Es un **Green Falcon** —respondió Derek, concentrado en su labor de conducir—, es una versión mejorada del Blue Canary.

—Pensé que era peligroso salir —comenté, cambiando de tema quedamente, casi pensando en voz alta.

—La parte del desierto no es peligrosa —por fin se atrevió a mirarme por el espejo retrovisor—, no lo suficiente.

Continuamos hablando de cuanta tontería se nos vino a la mente, nunca había hablado tanto con Derek, hasta llegué a pensar que era agradable pasar tiempo con él. No supe la cantidad exacta de tiempo que tardamos en llegar al desierto, ni siquiera lo sentí. Estaba tan entretenida, que apenas si palpé transitoriamente la secuencia de los minutos al disolverse.

Una vez que Derek aparcó en alguna pequeña parte del gran desierto, bajamos del auto. El sol ardía con ímpetu, más que en cualquier otro sitio.

—¿Pretendes que hablemos bajo este calor tan espeluznante? —repliqué, arqueando las cejas—, ¿quieres volverme pollo frito?

—Para hacer pollo frito se requiere un poco más de carne —rio Derek con cierta malicia—, y me temo que esa es una de las cosas de las que más careces.

—Imagino que es imposible que dejes de ser un cretino y un *patán* —dije, dándome la vuelta con altivez fingida.

—Tan imposible como darle a tu diminuta cabeza un cerebro lleno de estrías —oí que sonrió. Era la primera vez que sus palabras sonaban más como un chiste que como un insulto—. Bueno —añadió—, dime Rivero, ¿qué clima te gusta más?

—Me gusta cuando llueve —lo miré, sus ojos verdes talismán brillaban intensamente—, cosa que no creo que ocurra.

—Eso no lo sabes —entornó los ojos, analizándome—, podría empezar a llover justo ahora.

Me reí con intensidad, después de todo, Derek tenía sentido del humor cuando se lo proponía. Sin embargo, algo hizo que me detuviera, algo que para ser sincera, no esperaba que sucediera. Varias gotas de agua comenzaron a caer desde lo alto y el cielo se tornó de un color azul grisáceo que, en ese instante, me pareció hermoso. No faltó mucho para que la lluvia se precipitara con mayor fuerza hasta convertirse en un aguacero ligero.

—¿Tú hiciste esto? —inquirí, medio asombrada y medio emocionada.

—Bueno, dicen que el agua fría tiene poderes curativos —relató, acunando el agua que caía en la palma de su mano, luego me miró y siguió—, podría curarte la estupidez.

—Eres un cretino —volví a decir con naturalidad.

—Tenemos diez minutos para hablar —me informó Derek algo más serio, recostándose levemente sobre el Green Falcon—, es todo lo que la lluvia durará.

Suspiré suavemente. Evidentemente. Si pudiera hacer que la lluvia durara más tiempo, tal vez el planeta no estaría como está.

—En ese caso, me gustaría saber... —repliqué, acercándome a él—. ¿Por qué no me dejas entrenar?

—Antes de responder a eso, respóndeme tú una cosa. ¿Qué ves cuando entrenamos?

—Veo sus puntos fuertes, sus habilidades y algo de sus falencias.

—¿Nada más? —me miró con curiosidad.

—Parece divertido —indiqué, después de meditarlo un poco—. A pesar de lo cansados que puedan estar, sonríen de vez en cuando.

Derek frunció el ceño y yo reí por lo bajo. Era cierto, todos sonreían... menos Derek; a menos que fuera de manera sarcástica y negativa, claramente.

—Lo que quiero resaltar, es el hecho de que cada uno de nosotros sabe el nivel de su poder —explicó, pausadamente. La lluvia era tan crónica que estábamos emparamados—, sabe medirlo y manipularlo a gusto propio. Tú no, Rivero, ni siquiera sabes la cantidad de energía que hay en tu interior. No la controlas, son tus emociones las que lo hacen.

—Entiendo —asentí, parándome delante de él—, lo reconozco. Pero para eso estás tú, ¿no? Tú me vas a ayudar a controlarlo.

—¿Y yo por qué tendría que hacer eso? —levantó una ceja con vanidad.

—Porque yo soy la elegida —sonreí con arrogancia—, eso dijo tu abuelo.

—No será tan fácil.

—Lo sé, pero también sé que sirvo para algo más que hacer de doctora —intenté leer su mirada, encontrándola finalmente inescrutable—. Si rompí uno de tus huesos debe ser por algo… —añadí con dulce voz.

Me miró, me miró y me miró. Sé que de algún modo no quería ponerme en peligro, mas él sabía que debía confiar en mí. Al principio, yo no deseaba creer todo el cuento de los Majinghost y menos aun cuando yo era el pilar clave, no obstante, ahora era diferente. Estar aquí ya no se experimentaba tan molesto para mí, de hecho, me alegraba ser una ficha importante de algo igualmente importante. Después de todo, resultaba que sí había nacido para ser algo más que una contestadora telefónica.

—Está bien, Rivero —señaló Derek luego de haberlo cavilado un rato—, desde mañana comenzará tu entrenamiento. Tu primer oponente será Austin.

Capítulo 15 (Isabel)

¡Wow! No puedo creer lo nerviosa y emocionada que estoy. ¡Hoy es el día! Por fin sabré de qué soy capaz, lo cual puede animarme o... desmotivarme. Jamás había estado tan interesada por madrugar, por lo que imagino que siempre hay una primera vez para todo. Fue inevitable verlo positivo pues, floreció gracias al interés.

Kristen, desde una esquina de la habitación, me detallaba con un gesto extraño en su rostro, quizá no comprendía el porqué de mi emoción. Kristen es admirable cuando pelea, me gustaría ser tan increíble como ella, además de ganar el dominio que necesito para manipular a mi antojo el poder que tengo.

—Así que Derek hizo llover para ti... —escuché decir a Kristen, más para ella misma que para mí.

—Bueno, hacía un calor insoportable —me encogí de hombros, quitándole importancia al asunto.

—Cada que Derek interviene con el clima pierde mucha energía, demasiada, le toma al menos un mes recuperarse completamente —Kristen entrecerró los ojos y me miró con interés—. No suele hacerlo a menos que sea estrictamente necesario.

Avergonzada, aparté la mirada de ella y opté por recoger mi cabello en una cola de caballo con la intención de distraerme. De repente me sentía culpable, aun cuando nunca le pedí a Derek que hiciera algo así, de hecho, no sabía lo perjudicial que sería para él realizar algo de aquella magnitud.

—Descuida, Isabel —sonrió ella con amabilidad, acercándose—, no te lo digo para que te sientas mal, es solo que... Verás, Derek es mi mejor amigo y no quiero que nadie le haga detrimento.

Asentí con una sonrisa medio falsa. Seguramente Kristen quería demasiado a Derek, más de lo que se quiere a un simple amigo... Por alguna extraña razón, aquello me hizo sentir triste.

Respiré profundo e intenté colocar mis emociones en blanco, lo único que debía importarme ahora era mi entrenamiento. Debía dar lo mejor de mí para que Derek viera mi buen rendimiento, con suerte, incluso se sentiría orgulloso de mí.

Comí algo ligero antes de bajar con los muchachos, mi corazón latía desbocado dentro de mi pecho. En cuanto vi a Derek, le sonreí ampliamente, él me devolvió la sonrisa de una manera más tranquila. Los demás me miraron expectantes, era evidente que conocían del tema.

—¿Estás lista? —interrogó Austin, sonriéndome con ternura.

—Por supuesto —dije, alegremente. Normalmente soy muy calmada, pero estaba tan contenta que desbordaba hiperactividad por los poros—, cuando quieras.

Samuel, Kristen y Scott hicieron un trío para entrenar. Derek se acomodó en una esquina con la intención de observar mi enfrentamiento contra Austin.

Para empezar, tanteé leer los movimientos de Austin. Supuse que sería sencillo, pero atacar y defenderse casi al tiempo no era una labor que se pudiera aprender en un solo día. Derek nos observaba con atención a la vez que susurraba uno que otro consejo para atrapar mi concentración. Austin por su parte, fue moderado conmigo, sus "golpes" eran lentos y pasivos, similares a los de un ser humano promedio.

El entrenamiento realmente me divirtió e inspiró como no imaginaba, y más aún cuando Austin elevaba la velocidad de sus ataques en algún punto.

Tras entrenar de ese modo por alrededor de una hora, Derek me colocó una venda en los ojos y me propuso que intentara golpear a Austin. Ligeramente cansada, acepté el desafío.

Con todas mis fuerzas, lancé estocadas a diestra y siniestra, pero Austin me esquivaba a una velocidad constante e inalcanzable para mí. No conseguí golpearlo ni una sola vez, aun así, mi cuerpo temblaba y mi respiración amenazaba con desaparecer.

—Dales mayor importancia a tus oídos, Rivero —indicó Derek atrás de mí—, siente como el aire danza a tu alrededor. Imagina que es una canción, para que haya ritmo existe un orden; descúbrelo.

Austin era muy silencioso al moverse, pero me bastó seguir la recomendación de Derek para que me fuera un poco mejor. Esta vez, conseguí asestarle dos golpes al dichoso mago gris.

—Vaya, no está nada mal para una principiante —me felicitó Austin cordial, quitándome la venda de los ojos—. Seguro que en un par de meses eres la mejor de todos.

—No es para tanto —comenté, agitada—, estoy a punto de desmayarme y tú te ves como si nada hubiera ocurrido. ¿Al menos moviste un músculo?

Me habría encantado que el entrenamiento durara mucho más, sin embargo, un par de horas de esfuerzo físico habían hecho que todos nos encontráramos exhaustos; dejando de lado a Austin, quien no tuvo que usar mayor esfuerzo en su práctica conmigo, y a Derek, quién estuvo pendiente de mi entrenamiento todo el tiempo.

Desde la parte de arriba, observé como Derek conversaba con Austin, Scott y Xavier en el comedor. Lo fisgoneé por tanto tiempo que me sentí banal y poco coherente al hacerlo. Sinceramente, quería descubrir si Derek se sentía mal físicamente, mas fue algo que no supe deducir.

Cansada de atormentar mi cabeza con situaciones inciertas, me atreví a bajar y hacerles compañía. Cuando me senté al lado de Derek, Scott me ofreció una mirada azul llena de intriga.

—¿Qué tal tu primer día de entrenamiento? —me preguntó Xavier con amabilidad.

—Muy bueno —contesté con decoro—. A pesar de que Austin me hizo sentir como una niña, me gustó. Espero que la próxima vez no sea tan amable conmigo.

—A mí me encantaría pelear contigo —informó Scott con una sonrisa socarrona—. Te juro que no sería condescendiente en lo absoluto, y menos después de saber que pudiste romperle un hueso a Derek.

—Eso fue un pequeño descuido de mi parte —profirió Derek sin afán—, nada que ocurra dos veces.

—Yo creo que Isabel es muy buena —afirmó Austin de buen grado—, en cualquier momento podría superarnos a todos.

Scott y Derek se echaron a reír con ganas, incluso tuve la impresión de que reían con una sincronía alarmante. Me crucé de brazos y fruncí el entrecejo con desaprobación, sin embargo, ambos continuaron riendo como infantes. Xavier cerró los ojos con calma y Austin los observó levantando una ceja, confundido. Jadeando por la falta de aire, Derek y Scott me miraron al tiempo, sus sonrisas se habían borrado de manera casi alarmante.

El silencio que se produjo era inquietante e incomprensible para mí, de todas formas, no me atreví a romperlo; al parecer, ellos escuchaban algo que yo no. En menos de un minuto, Derek, Scott y Austin corrieron hacia la puerta principal y salieron al exterior.

—¿Qué sucede? —interrogué al anciano quien fue el único que quedó frente a mí.

—Lamentablemente, tenemos una visita no prevista —suspiró él con gesto serio y cansado—. Imagino que sabes a quienes me refiero.

Claro que lo sabía.

En un acto impulsivo, corrí hasta la puerta con la intención de salir, incluso después de oír las advertencias que Xavier me gritaba una y otra vez. Sabía que eran ellos, los Majinghost. Comprendía el peligro que emanaban, aun así, debía conocer a los destructores del planeta, de la vida, de todo; debía ver con mis propios ojos a los causantes de todo este infierno.

Al asomarme, pude ver a un grupo de personas delante de Derek y los otros. Se hallaban a unos 7 metros de distancia y eran 20 aproximadamente. Tuve que salir de la casa para así darme cuenta de que el grupo de gente retenían a Sam y a Kristen.

Me percaté de que aquellos seres eran muy serios, ligeramente altos y usaban trajes mecánicos. En general, lucían como lo haría cualquier persona que llevara puesto un buen disfraz. No obstante, bien sabía que eran peor de lo que aparentaban.

En todo lo alto, el cielo se apreciaba magníficamente estrellado.

—We'll kill your friends, Derek —replicó una mujer. Tenía el cabello rubio, un brazo descubierto, y el otro metálico—, unless you decide to cooperate with us.

—How could you catch them? —cuestionó Scott, conservando una posición de defensa.

— The loving couple had their guard down —aclaró otro, uno que parecía ser robótico del cuello hasta los pies, mas pude comprobar que solo se trataba de un atuendo metálico—. It was very easy to follow them here.

—Where?! —gritó Scott. Para entonces, ya me encontraba al borde de un colapso nervioso; no tenía la menor idea de qué estaban hablando—. Where did you find them?!

—Near the Pacific Ocean —respondió la rubia con voz agria—, crossing the frontier.

—No way! —musitó Austin, incrédulo—. They would not go so far. They all know the danger that means, they wouldn't.

—Enough talks! —la rubia alzó una mano—. Derek, do we have a deal?

—Austin —dijo Derek en español—, crea un campo de protección para mí, voy a pelear contra ellos.

—Pero...

—¡Hazlo! —ordenó Derek, lanzándose hacia ellos.

Capítulo 16 (Derek)

Maldición, no esperaba tener a Haruka delante de mí tan pronto, por lo que evidentemente, ha sido una sorpresa para nada agradable.

Respecto a Haruka, cabe aclarar que es una Majinghost como cualquier otra u otro, excepto por una razón: ella posee cerebro y corazón humano. Para resumir, ella es la Majinghost levemente similar a mi padre y de la cual no me gusta hablar.

Haruka no solo es capaz de sentir dolor y placer físico, también lo siente a nivel emocional. Ella es algo así, como un golpe de suerte que jamás consiguieron repetir, descontando a mi padre, claramente.

No es la primera vez que Haruka me persigue con tanta insistencia, pero lo hace por una buena razón: quiere mi sangre. ¿Por qué? Porque mi sangre tiene una capacidad de regeneración prodigiosa. Si me cortase una mano o un pie, tardaría no más de una hora en volver a regenerarse.

Con mi sangre, los Majinghost no podrían morir, los imagino casi como el demonio en la tierra. La Majinghost asegura que, si les doy mi sangre, su especie no volverá a hacer daño alguno... como si fuera a creerle. A veces creo que puedo entender su desatino. Gracias a su corazón humano, puede que ella vea a cada uno de sus colegas como parte de su familia, por lo que probablemente le afecta negativamente cada que alguno de ellos muere. De todos modos, no puedo ayudarla, sé que esa promesa solo es una fachada miserable, sin mencionar el poco, poquísimo aprecio que le tengo.

Resoplé con cansancio, no me quedaba otra opción. Debía pelear contra ellos.

¿Cómo es que Samuel le siguió el juego estúpido a Kristen? Estoy seguro que, si pasaron la frontera, fue por ella. ¡Es una idiota! Qué mierda.

Dos de los Majinghost retenían a Samuel y a Kristen en la parte de atrás, así que tendría que pelear para recuperarlos. Lo malo de la situación, era que el par de cretinos que dicen llamarse amigos míos se encontraban inconscientes, por lo que no podrían ayudarme en lo absoluto.

Cuando me lancé sobre los Majinghost, Haruka retrocedió; aunque bien podía ser cierto que estimaba a los Majinghost, Haruka también sentía miedo al dolor físico, y ese sentimiento en ocasiones era más fuerte que ella.

Transmuté mi brazo derecho en diamante y aticé un golpe certero sobre el cráneo del primer Majinghost que vi frente a mí.

—¡Para, imbécil! —escuché gritar a Scott detrás de mí—. ¡Si usas ese tipo de poder en la condición en la que te encuentras, solo conseguirás desmayarte en menos de cinco minutos!

Scott tenía razón. Aquello de hacer llover me restaba mucha energía, y transmutar mi cuerpo en cualquier tipo de materia, también. Según la dureza y la resistencia del material, la energía solicitada era más o menos, por lo que sobra decir que el diamante, es uno de los materiales que más me roba energía. Aun cuando conocía la situación, lo ignoré; debía salvar a Kristen y a Samuel a como diera lugar.

Me lancé hacia un segundo Majinghost de la misma forma, pero en esta ocasión fue diferente, él esquivó mi ataque y alcanzó mi cabeza con un golpe seco de su mano izquierda hecha totalmente de acero. Experimenté un *cimbronazo* que me revolvió el cerebro y me nubló la vista por unos segundos. Enseguida, me vi sobre el suelo con las manos del Majinghost sobre mi cuello. Con esfuerzo, conseguí enfocarlo de prisa y, usando hipnosis sobre él, lo obligué a desprenderse la cabeza del cuello de un tirón con sus propias manos. La sangre, la cual no era otra cosa que un líquido graso de color amoratado, me manchó la cara y parte de la camisa. Mi hermosa camisa.

Tras ponerme nuevamente de pie, observé que Scott había entrado a la pelea; Austin había creado una coraza de protección para él y para mí. Al captar nuestras intenciones, todos los Majinghost se lanzaron en contra de nosotros al mismo tiempo; a veces les gustaba lucirse individualmente, pero también eran inteligentes.

Scott se volvió completamente de metal en lo que yo dejé únicamente mi antebrazo hecho de diamante. No sabría decir con precisión cuántos golpes dimos o nos dieron, todo comenzaría a suceder tan rápido que apenas si dejé espacio para el dolor. Vagamente imaginé que con Scott sucedía lo mismo.

—Stop, Derek! —gruñó Haruka en un eco lejano—. I'll kill them if you don't stop!

—Fuck off, Haruka! —grité exasperado, deshaciéndome de los Majinghost que se interponían entre ella y yo.

Todo pasó en cámara lenta para mí. Tenía la visión borrosa, las fuerzas me abandonaban cada vez más rápido y, a veces, el impulso era quien actuaba por mí. No fue misión imposible dejar atrás a los Majinghost que estorbaban en mi camino con el apoyo que me prestó Scott.

Cuando arribé hasta Haruka, recuerdo que atrapé su muñeca de acero con mi mano de diamante. La derribé y caímos al suelo, yo sobre ella. La Majinghost agarró un puñado de tierra y, tras transmutarlo en *grafeno*, me propinó un golpe en la sien que me hizo ver estrellas, literal. De repente, era ella quien estaba sobre mí. Su peso inmovilizaba mi cuerpo y, con su brazo metálico, comenzó a clavarme las uñas en el hombro hasta provocarme un dolor agudo y desgarrador.

Cuando me cercioré de que había perdido la transformación de mi antebrazo, supe que las fuerzas empezaban a escasear en mí, por lo que decidí convertir únicamente mis dedos en diamante con la intención de apuntar a su corazón.

—Hey—gimió Haruka con lo que me pareció una voz distante. Mi mano se detuvo a medio camino—, you and me... We are the same, Derek, we're Majinghost.

—Don't compare yourself… with me —bien sabía lo que decía, aunque mis palabras se hicieron imperceptibles a mis oídos—, I'm not like… you!

Quise moverme, mas esta vez, la energía vital del cuerpo me traicionó. Mi capacidad de ver y escuchar se vio afectada por un eco sordo y ruido blanco; era casi como dormir. Perdí la noción del tiempo para luego perder la consciencia definitivamente.

✦ ✦ ✦

Al abrir los ojos, me hallé recostado sobre la cama. Procuré moverme sin éxito alguno. Me dolía absolutamente todo, lo cual no solía suceder ni en mis días más ajetreados. Debí emitir algún quejido porque, enseguida, vi el rostro de Kristen aproximándose delante de mí.

—Oh, Derek —me acarició una mejilla con los nudillos—, perdóname, yo...

—Idiota —siseé, mirándola fijamente—. Maldita sea Kristen, ¿por qué lo hiciste?

—Perdón, yo... —sus ojos se cristalizaron—. ¡Tú lo hiciste con Isabel! ¡Saliste al exterior!

—¡Qué excusa tan mediocre! —la ira me abrazaba como una madre a su hijo—. ¿Acaso no te das cuenta? ¡Te pudieron haber matado!

—Perdóname —solló, ocultando la cabeza en mi pecho—, no me fijé en la lejanía hasta que vi la frontera, lo siento.

—Voy a matar a Samuel por esto.

—Él no tiene la culpa —levantando la cabeza con altivez, Kristen me miró con el ceño fruncido—, yo fui la de la idea. Él no quería ir y yo lo amenacé.

—¿Qué imbécil se deja amenazar por una mujer?

—Ese comentario machista ni siquiera lo tendré en cuenta —como no dije nada, agregó—. Ya, perdóname. Sé que estás armando todo este alboroto porque te preocupaste por mí, pero...

—¡Pues claro que me preocupé por ti, idiota! —grité, interrumpiéndola con efusividad, simplemente no puedo con las mujeres—. Si te pasara algo...

—Lo sé, lo sé, lo siento —con cariño, me besó la frente y luego me abrazó, aquello me dolió un poco, pero no dije nada—. Ya entendí señor gruñón, no volverá a ocurrir, lo prometo.

—¿Todos están bien?

—Sí.

—¿Qué pasó? Faltaban al menos cinco Majinghost cuando me desmayé.

—Fue Isabel —sonrió con perversidad—. Yo no la vi con mis propios ojos, pero Scott me confesó que fue ella quien acabó con los Majinghost que quedaban. Y antes de que me preguntes cómo lo hizo, déjame decirte que no tengo la menor idea.

—Así que fue ella...

Me habría gustado verla en acción, no obstante, no era la única oportunidad que quedaba para ello. El poder de Isabel era muy emocional hasta el momento, aunque si llegaba a poder controlarlo a su voluntad, seguro sería muy buena y digna de temer; no me sorprendería que Austin tuviera razón.

Había estado tan concentrado en la batalla, que nunca imaginé que Isabel podría presenciar la pelea, mucho menos, hacer parte de ella.

Dejando de lado cualquier pensamiento, cerré los ojos. Me sería muy útil poder descansar.

Capítulo 17 (Isabel)

Las cobijas hacían que la piel me picara por el exceso de calor, por lo que empecé a suponer que no podría dormir tranquila si no veía a Derek; incluso verlo dormido me sentaría bien. Mientras me bajaba lentamente de la cama para no hacer ruido, observé que Kristen y el abuelo Xavier dormían profundamente en el futón de al lado. Caminando de puntillas, salí de la habitación hasta dirigirme al cuarto que Derek compartía con Sam. Cuando entré, lo primero que hice fue revisar a Samuel, parecía dormido también. Al acercarme a Derek, tuve que tragarme un grito. Él se encontraba despierto mirando hacia el techo... o a la nada.

—Perdón —me disculpé en un susurro cuando él se percató de mi presencia—, yo solo...

—No he muerto, para tu desgracia —me ofreció una pequeña sonrisa de medio lado.

—Eres un tonto —sentándome a los pies de su cama, lo detallé tanto como la oscuridad me lo permitía. Aún con unos cortes en el rostro, seguía siendo la faz más hermosa que había visto en toda mi existencia. ¿O era yo quien lo estaba idealizando? —. Arriesgaste tu vida de manera descontrolada, pudiste haber muerto.

—¿Y qué esperabas, que dejara morir a Kristen en sus manos? Eso nunca.

Un nudo se atascó en mi garganta impidiéndome hablar. Claro, era bastante obvio que Derek daría su vida para salvar a Kristen si fuera necesario, se supone que cuando amas a alguien, eres capaz de eso y muchísimas cosas más, sin embargo, aquello me afectaba de una manera horrible. Me sentí egoísta y cruel, mas eso no impidió que dejara de detestar a Kristen, aunque solo fuera por un momento.

—Kristen me comentó que mataste a los Majinghost que quedaban —dijo Derek de pronto, interrumpiendo mis pensamientos—. ¿Cómo lo conseguiste?

—Bueno, tú mismo has dicho que por ahora, mi poder es muy emocional. Cuando vi que el peligro era cada vez peor, un extraño impulso me hizo actuar, eso es todo.

Sí, había sido un impulso, pero solo hasta que vi que esa mujer rubia iba a matar a Derek. Él perdió la conciencia y para ella eso pareció ser más que favorable. Iba a matarlo, lo supe con solo ver su cara. No sé cómo, solo me vi corriendo hacia allí. Los Majinghost se atravesaron en mi camino en cuanto vieron que me acercaba a Derek y a la rubia; creo que no imaginaron que yo daría mucho trabajo porque dejaron a Sam y a Kristen atrás. Yo no pensaba, solo actuaba. Sinceramente no sé cómo lo hice, solo recuerdo que una energía de color morado oscuro salió de mí, siendo ella la responsable de hacer el trabajo sucio.

Los Majinghost se elevaron en el aire para luego quedar hechos trizas de adentro hacia afuera, como si se tratara de una explosión controlada; ese suceso ocurrió en cuestión de segundos.

Tuve la intención de que lo mismo sucediera con la Majinghost de pelo teñido, quería matarla como a los otros, pero con astucia, ella utilizó a Derek como escudo. Ese extraño impulso que me dominaba desapareció en un santiamén y ella huyó habiendo encontrado la oportunidad adecuada.

La ceniza que se formó con la muerte de los Majinghost no tardó en ser soplada por el viento hasta desaparecer.

—La rubia quedó viva —agregué lentamente—, imagino que tendremos que irnos de aquí.

—Eso seguro —musitó Derek, tanteando moverse. Su cuerpo se hallaba bastante maltratado—, aunque puedo imaginar que Haruka debe odiarte. Hasta ahora, yo era el único capaz de darle molestias.

—¿Te molesta que yo sea mejor? —pregunté con desdén. Realmente no lo creía así, sin embargo, alguien tenía que romper su ego en algún momento.

—Puf… —Derek se incorporó con gran esfuerzo— serás muy maga y todo lo que te venga en gana, pero la idiotez no te la quita nadie.

—Bueno —me crucé de brazos, mirándolo con altivez—, seré muy idiota y todo lo que quieras decir, pero jamás podrás olvidar que yo te salvé la vida.

—¿Acaso estás diciendo que te debo algo?

—Verás… —por lo pronto, no me lo había planteado de ese modo, pero me pareció una gran idea en el momento—, no hago favores gratis así que… por supuesto, me debes algo y, algo grande.

—¿Qué? —entornó los ojos y me miró a través de sus largas y espesas pestañas rubias.

—No tienes que pagarme en este momento —Samuel se revolvió en su cama—. Por ahora, me gustaría saber algo —agregué, bajando la voz—. ¿Puedes transformar tu cuerpo en cualquier cosa o solo en diamante?

—Hmmp, al parecer te da curiosidad en los momentos menos oportunos —ladeó la cabeza y sonrió brevemente—. Aun así, te responderé.

>>Puedo transformarme en cualquier cosa desde que tenga la energía solicitada. La materia viva, requiere mucha, muchísima energía.

—Imagino que sí... ¿De pies a cabeza?

—Sí.

—¿Y los otros Majinghost?

—No. Ellos solo pueden transmutar cualquier cosa u objeto que no haga parte de ellos —mirándome con un brillo de vanidad en sus ojos, continuó—. Esa parte también puedo hacerla, solo que poder transmutar mi cuerpo es una gran ventaja.

—¿Los Majinghost podrían aprender otro idioma? —curioseé un poco más.

—Pensé que solo querías saber una cosa —resopló.

—Vamos, solo responde.

—Sí, pero para ello tendrían que ser programados. No hay forma de que lo aprendan solo por escucharlo.

—¿Estás completamente seguro?

—No exactamente...

—Yo creo que pueden funcionar como lo hace la inteligencia artificial, no hay que confiarse —Derek rodó los ojos con hastío. Evidentemente, los Majinghost ya eran inteligencia artificial. Decidí cambiar de tema—. Por cierto, ¿por qué no me dijiste que hacer llover te quitaba tanta energía? —lo miré, arqueando las cejas con desaprobación.

—Se supone que no ibas a saberlo —Derek frunció el ceño—. Te dijo Scott, ¿no?

—Eso no importa —estuve a punto de confesarle que había sido Kristen, pero no lo hice; no debía dejarme llevar por sentimientos incoherentes—. No debiste hacerlo si te esforzabas tanto.

—¿Quién entiende a las mujeres? —giró los ojos una vez más—. Te quejaste por el sol, ¿qué querías que hiciera?

—Bueno —levanté las cejas, pensando—, pudimos entrar en el Green Falcon, no sé, cualquier cosa menos riesgosa.

Derek bufó, mas no dijo nada. Debió sentirse mareado al instante porque recostó la espalda sobre la pared y cerró los ojos. Su orgullo le impedía quejarse mucho más.

—¿Necesitas algo? —interrogué.

—Solo un vaso de agua, por favor.

¡Vaya! Sin temor a equivocarme, supuse que debía sentirse muy mal, de lo contrario, no habría dicho "por favor". Atenta, corrí hasta la cocina haciendo el menor ruido posible, antes de regresar con un vaso de agua. Tras darle la bebida, volví a sentarme en su cama, esta vez a su lado, frente a él. Derek bebió el líquido de un sorbo, eso me hizo sentir un poco de pena ajena.

—Puedo intentar curarte si quieres —propuse, pensando en que debí haberlo planteado desde el principio—. No sé si voy a lograrlo, aun así...

—¿Y deberte dos favores? —negó con la cabeza—. No gracias, estoy bien.

—Vamos —comenté entre risas—, no voy a cobrarte esta vez. Tómalo como un regalo de mi parte.

—Bueno...

Derek entrecerró los ojos con cansancio. Luego, noté que se encontraba muy cerca de mí cuando empezó a descender su rostro sobre el mío. Quise decir algo, pero me paralicé. Mi corazón empezó a bombear frenéticamente y mi mente quedó en blanco. Su rostro estaba cada vez más cerca, muy cerca del mío, ni siquiera logré plantearme la idea de quitarme. Cerré los ojos esperando que pasara lo que mi instinto sabía que debía suceder y, justo cuando pensé que Derek iba a besarme, sentí que su frente chocó contra mi hombro derecho.

Deseché de golpe todo el aire que retenía en mis pulmones, solo se había desmayado. Me sentí como una tonta, ¿por qué Derek querría besarme? Por un lado, llegó la desilusión y, por otro, el alivio. Si me hubiera besado no sabría cómo tratarlo después. Enredé mis dedos algo trémulos entre sus rizos para palpar la suavidad de su cabello por primera vez. ¿A quién quería engañar? Claro que quería besarlo, lo relativamente bueno era que él no lo sabía.

—Eso quiero, Derek —murmuré muy bajo, sabiendo que él ya no me oía—, quiero que me beses.

Capítulo 18 (Derek)

En varias ocasiones, llegó a pasar por mi cabeza la idea de que Haruka nos atacaría en la noche, pero definitivamente no lo hizo. Después de un gran debate lleno de dudas, quejas, esperanza y desasosiego a mitad de la noche, finalmente decidimos correr el riesgo de quedarnos en la casa hasta el amanecer. Afortunadamente, no sucedió nada malo, lo que me hace concluir que la próxima vez que la vea, Haruka no va a estar acompañada únicamente de 20 o 30 Majinghost, quizá la próxima vez que nos veamos sea la última.

Nos levantamos temprano en la madrugada para emprender el nuevo rumbo, y agradecí el hecho de que moverme, aunque me dolía tremendamente, ya no me resultaba misión imposible. Tenía previsto darle a Kristen un sermón que no olvidara ni por equivocación, una segunda vez y no correríamos con tanta suerte, de todas formas, la muy taimada supo evadirme todo el tiempo con gran ingenio.

—Si unimos nuestro Green Falcon con su Blue Canary en una transformación, podremos hacer un barco lo suficientemente bueno para llegar hasta Europa —señaló Samuel a mi lado con cautela.

Ambos nos hallábamos en el exterior mientras los demás recogían algunas cosas en el interior. Lo miré con inquisición, por lo que veía, su nivel de cinismo era más eficaz que su prudencia. Primeramente, me dio enojo, después me pareció gracioso. Apuesto a que sabía que yo no me quedaría callado.

—Conque atravesaron la frontera... —entorné los ojos y lo miré atentamente—, ¿salieron de excursión o de viaje por el mundo? Tal vez querían verificar si aún quedaban algunos *nachos* en México, ¿verdad?

—Dios, Derek, estoy muy viejo para oír tu *cantaleta* —soltó relajado, encogiéndose de hombros.

—Pues parece que no has ejercitado el cerebro en años —repliqué, molesto.

—Te lo advierto, no estoy dispuesto a escucharte —me retó.

—¿Cómo lo solucionamos entonces? —le devolví con el mismo tono.

—No me importará golpearte, ¿sabes? —su forma de actuar era tan impertinente—. Tampoco lo tomaré como si estuviera haciendo trampa.

—Pues hazlo —dije sin afán.

Él iba a hacerlo, iba a golpearme. Vi su puño prácticamente sobre mi rostro, no obstante, algo lo interrumpió.

—¡Sam! —gritó Austin, aproximándose—. ¿Qué te pasa? ¿Por qué vas a golpearlo?

—¡Diablos! Qué inoportuno eres, Austin —se quejó Samuel, dirigiéndose al Green Falcon—, solo aclarábamos una situación que se hallaba pendiente.

✦ ✦ ✦

Entre Scott y Samuel hicieron que el Green Falcon y el Blue Canary, se fusionaran en algo muy similar a un barco pirata estilo antiguo, solo que tres veces más pequeño, sin vela, con motor, y claramente hecho de metal. No era precisamente una creación prodigiosa, aun así, era lo suficientemente grande y resistente para guardar algunas cosas y llevarnos hasta Europa sin mayores contratiempos.

—Perderemos nuestra amada huerta —gimoteó Austin con tristeza—, y con lo mucho que me costó reunir la energía suficiente para que fuera buena.

—Ya no habrá camas —mencionó Scott con la voz perdida. Su brazo izquierdo sobresalía descuidadamente hacia la parte posterior del barco.

—No es tan terrible —canturreó Kristen con voz animada—, cambiaremos de ambiente.

Austin, Scott y yo, la miramos censurando su comentario. Pensando en el tema que nos tenía en aquella situación, no concebía imaginar qué tanto podían estar haciendo para que los hubieran atrapado con la guardia baja.

El conjunto de metal en el que nos encontrábamos a bordo poseía un motor de gran velocidad, una que evitaba una navegación demasiado prolongada, por lo que sería una ventaja en todos los sentidos.

Cansado de ver el correr pasivo del mar por tanto tiempo, miré a Isabel; ella también me observaba, pero en ese momento apartó la vista. Imaginé que sería bueno preguntar sobre su estado de ánimo, sería buena idea si estuviéramos solos y no con toda esta gente al lado. Ahora que lo pienso, no recuerdo en qué lapso de la noche Isabel abandonó la habitación, no sé si por lo menos le dije *buenas noches* y, si no, espero que no esté enojada por ello. Solo recuerdo haber despertado a media noche antes del debate. Ella no estuvo presente entonces.

Cayó la noche luego de un día largo y aburrido. Todos habíamos descendido a la parte baja del barco, todos menos Isabel, ella seguía en cubierta.

—Deberías llamar a Isabel —indicó el abuelo en lo que yo miraba por una ventanilla la oscuridad de la concavidad celeste. Las estrellas resplandecían más que nunca sobre aquella noche sin luna visible.

No dije nada. Sí había pensado en ello, pero también llegué a la conclusión de que Isabel necesitaba tiempo a solas. Eso de asesinar a los Majinghost debía haberle sentado mal pues, no está acostumbrada a matar, ni siquiera a personajes como ellos que solo son un montón de seres artificiales.

Cuando miré al abuelo tras darme la vuelta, él hizo lo mismo con sus ojos grises.

—Vamos, hijo —insistió—, Isabel podría resfriarse.

Asentí y enseguida obedecí. Al subir, hallé a Isabel recostada levemente sobre la barandilla, detallando el cielo con minuciosidad.

—Lo bueno de todo este caos es la cantidad de estrellas que pueden verse —dije para llamar su atención—, se puede sentir el infinito en ellas.

—Cuando era una niña, solían verse, pero no así. La vista es preciosa —comentó, volviéndose. No sé si la miré con descortesía, pero creo que se sonrojó. Luego, volvió a darme la espalda.

—¿Cómo estás? —, le pregunté, colocándome a su derecha.

—Eso debería preguntarlo yo —evitaba mirarme, estoy seguro.

—Creo que te pasa algo —miré el mar, o lo poco que las estrellas iluminaban de aquel. Ya no había animales vivos en el agua ni en ninguna otra parte; destruir cualquier ser vivo era sinónimo de placer para los Majinghost—, has estado muy rara.

—Yo pensaba que a mi forma de ser le llamabas estupidez.

—Pues... creo que me gustas más cuando eres estúpida que cuando te comportas rara —tras un largo silencio, añadí—. El abuelo dice que podrías resfriarte.

—¿Por qué se quedaron en Estados Unidos? —cuestionó Isabel, ignorando mi comentario. Ya no se me hacía extraño que preguntara cosas así de la nada.

—Porque a veces lo más obvio es la mejor opción —respondí sin más.

Isabel es buena para cambiar de tema sin previo aviso y, aunque no me agrada, siempre me encuentro siguiendo el hilo de su conversación.

La voz de Isabel me despertó de golpe. Habían transcurrido un par de horas desde que ella accedió a ba ar y, no mucho tiempo después, nos acostamos a dormir. El espacio daba para que todos tuviéramos que dormir en una sola habitación, sin camas. Las cobijas tampoco parecían ser suficientes. Incliné la cabeza por encima del abuelo y de Kristen para conseguir verla. Estaba hablando dormida nuevamente.

—¿Por qué tuviste que dejarme? —murmuró Isabel. Supuse que hablaba con la misma persona del sueño anterior—. ¡Yo te amaba! Aún te amo.

"¿Aún te amo?" ¿De quién habla? De repente me dio gran curiosidad saber la identidad de la persona con la que Isabel hablaba en sueños. ¿Estaría viva? ¿Sería hombre o mujer? ¿Y si era su novio? Por alguna razón deseé que esa persona estuviera muerta... Quiero decir, aquello era bastante probable según lo que Isabel comentaba.

—¿Algún día recordaré todo lo que hablamos? —volvió a interrogar ella.

—Isabel —decidí llamarla en voz baja tras uno o dos minutos.

Silencio.

—¿Sí? —no supe si se refería a mí o a la persona de su sueño.

—¿Con quién hablas? —cuestioné de todos modos.

—No importa —respondió, casi letárgica.

—Al menos dime, ¿de qué hablas?

—Fragmenté el medio curativo —empezó a relatar sin que yo comprendiera lo que decía—, en los cuatro puntos cardinales: Uxmal, Buda, Novodevichy y Voortrekker.

—¿Qué? —interrogué confundido, no entendía ni media palabra—. Explícate.

—Materia dividida que forma un todo. El error es inminente así que debes oírme. Búscala, no hay manera de que todo salga bien si no la encuentras.

—¿Búscala? —arrugué la nariz, procurando colocarle lógica a algo que para mí no la tenía en absoluto—, ¿a quién?

Esta vez, el silencio se extendió tanto que no dio señales de terminar. Me senté para mirar mejor a Isabel; ella dormía tranquilamente como si nada hubiera ocurrido. La llamé un par de veces, pero no contestó. Cualquiera diría, hasta yo mismo, que lo que acababa de decirme solo se trataba de una alucinación.

No supe cuánto tiempo esperé a que renovara su conversación, mas nunca sucedió. Aun así, podía recordar lo que había dicho, siendo consciente de que había sido real. No lo entendía, pero lo recordaba.

Capítulo 19 (Isabel)

No sé cuánto tiempo ha transcurrido desde que emprendimos el viaje desde América del Norte hasta Europa, calculo que, como mínimo, han pasado dos o tres días. Apenas la visión de tierra firme se localizó desde lo lejos, todos lanzaron un grito de alegría. Yo no grité, pero claramente, fue una buena noticia para mí también. Respecto al trayecto, nadie nunca se ocupó de pilotar el barco para darle un rumbo, fue el piloto automático el encargado de hacerlo todo el tiempo, imaginé que le dieron alguna orden específica. La línea recta que imaginé desde la costa este de Estados Unidos a Europa no fue precisamente exacta. ¿A dónde íbamos?

Los días en los que estuvimos navegando fueron opacos y desolados. Al parecer, nadie tenía el ánimo suficiente para nada, sin embargo, algo bueno ocurrió. Cuando le pedí a Scott que me ayudara a entrenar, evidentemente él se negó. No veo útil el hecho de rogar, pero tanteé insistirle un par de veces más hasta que conseguí convencerlo.

Scott no lograba que mi concentración fuera tan amplia como lo hacía Derek, de todos modos, entrenar con su colaboración y compañía me hizo mucho bien. Los demás no consideraban oportuno entrenar en ese lugar, mas al final, terminaron uniéndose a nosotros. Ni Derek ni Xavier—por obvias razones—, hicieron parte de ello.

El casi beso de Derek fue saliendo poco a poco de mis pensamientos constantes. Aún lo recordaba, pero ya lo había superado de alguna manera. Sinceramente, con evadir a Derek o portarme extraña con él, no iba a conseguir nada en lo absoluto.

Cuando bajamos del barco, ni la tierra seca ni los escombros colosales del lugar, pudieron hacer mella en la alegría que todos sintieron por aquel gran logro. Incluso Sam, quien no sonreía demasiado, esbozó una mueca particular que me hizo suponer que se sentía feliz o al menos a gusto.

Caminé en silencio junto a ellos después de que Sam y Scott se tomaran la tarea de unir el Green Falcon y el Blue Canary en lo que se veía como un auto más grande y espacioso. Incluso me pareció que ganó algo de tamaño comparado con el barco anterior.

Por donde se observaba, todo en este futuro era un desastre. En esta parte del mapa, el ambiente estaba mucho más contaminado, el aire era de un color negro neblinoso y el olor a tierra era evidente. Vagamente me pregunté dónde estábamos con exactitud. Decidí echarme a andar a paso lento para inspeccionar un tanto el sitio.

—¿Cómo estás? —escuché la voz de Derek, acercándose a mí.

—Bien —lo miré expectante. He sentido que desde hace un par de días quiere decirme algo, pero no se atreve—, ¿y tú?

—En unos cuantos días más estaré como nuevo —se mordió el labio inferior, pensando si continuar. Al final lo hizo—. Oye, ¿algún novio tuyo perdió la vida?

—¿Qué? —lo miré extrañada. Me fijé en que los demás se habían detenido mientras nosotros continuábamos caminando—. ¿A qué viene eso?

—Simple curiosidad —se encogió de hombros—. Si me respondes, tal vez te responda alguna cosa también.

—El único novio que he tenido se llama Louis Aranda, y sucede que él es tu bisabuelo.

—¿Louis Aranda? —con un movimiento ágil, Derek se colocó delante de mí y me frenó, colocando sus manos sobre mis hombros—. ¿Él era tu novio? Pero...

—Lo sé —empujé sus manos de un manotazo y continué caminando—, mi mejor amiga, Fanny Ortega, es tu bisabuela, lo que la convierte en la esposa de Louis.

—No sabía que estabas enterada... Solo el abuelo y yo lo sabíamos—, mencionó con reserva. Eso me hizo sonreír, aunque evité que lo notara. Por lo que veía, él asumía que aquello me enfadaba o entristecía. Admito que sucedió así al principio, hasta que empecé a darme cuenta que me molestaba más que Kristen estuviera tan cerca de Derek, que imaginar a Louis en plan romántico con mi mejor amiga.

—Da igual. Incluso te perdono por el hecho de saberlo y no habérmelo dicho —me detuve—. Ahora es tu turno de hablar.

—¿Sobre qué? —Derek frenó su caminata a mi lado, arqueando una de sus cejas.

—De alguna novia tuya, por supuesto —dije sin demostrar gran importancia en el tema.

—Solo tuve una —su voz se hizo grave y su gesto serio—, los Majinghost la mataron y devoraron su alma.

—Vamos —le di un pequeño empujón amistoso para evitar que recordara situaciones dolorosas—, ¿Kristen no cuenta?

—Kristen es novia de Samuel, por si no lo has notado —concluyó Derek con voz parca, aun así y, analizando los últimos hechos, llegué a la conclusión de que podía ser cierto.

Entonces Kristen era novia de Samuel... Saber ese hecho me hizo sinceramente feliz. Deseché la idea de verme como una chica egoísta o una persona superficial pues, todos lo somos en algún momento de la vida. Solo procuré tragarme la alegría que parecía emanar de mí cual energía solar en expansión para que Derek no lo notara.

Quince minutos más tarde, todos nos hallábamos dentro de la nueva versión del Green Falcon y el Blue Canary, recorriendo los escombros mientras Derek conducía. Todo el lugar estaba terriblemente destruido, por lo que no era fácil imaginar de qué país se trataba. Yo suponía que sería algún país en Europa Occidental debido al recorrido casi lineal del barco, de todas maneras, no era algo que pudiera decretar a ciencia cierta. La conversación esta vez se hizo presente y grupal, aunque yo no quise participar en ella. De vez en cuando los oía hablar de algún recuerdo de sus vidas antes de los Majinghost, alguna travesura que hicieron o, simplemente, lo mucho que extrañaban ser humanos corrientes sin poderes provenientes de la ciencia. Sin embargo, la mayoría de mis pensamientos se encontraban en otra parte.

De pronto me hallé pensando que, si los Majinghost no existieran, esto igualmente pasaría de algún modo. A diario, las noticias hablaban de temas como el calentamiento global, terremotos, huracanes, escasez de agua, deterioro de la fauna y flora... en mi opinión, los Majinghost solo se habían encargado de adelantar el proceso de forma abrupta y cruel, pero era casi inevitable que todo esto ocurriera. Suspiré, aún con los poderes que sabía que tenía, no lograba imaginar cómo alguien como yo conseguiría arreglar este planeta.

Tras algunas horas de viaje, finalmente aterrizamos en lo que seguramente había sido un estacionamiento pues, se veía metal y restos de llantas en el suelo.

—No es mucho, pero conseguiré hacer un lugar estable con este material —replicó Scott con su típica sonrisa ancha y amena.

—Tal vez te ayudemos un poco sin gastar demasiada energía —musitó Samuel tranquilamente.

—Bien, manos a la obra —asintió Kristen con motivación.

—Tampoco podemos quedarnos mucho tiempo aquí —informó Derek, cerrando los ojos con indignación—. Un par de días estarán bien, luego tendremos que apresurarnos.

Xavier sonrió con complicidad y no faltó demasiado para que los demás hicieran lo mismo. Los observé pasivamente para ver si obtenía alguna respuesta en uno de ellos, mas no fue el caso. Al parecer, el grupo conocía algo que yo no y, según como se planteaba la situación, tampoco planeaban contarme. Una vez más, esperé pacientemente sin éxito. Como última opción, miré al abuelo Xavier con la esperanza de encontrar en él una respuesta. Sus ojos correspondieron mi mirada.

—Es mejor que *Maloma* vaya a la montaña, a que la montaña vaya a Mahoma —dijo el anciano, como si aquello fuera una respuesta lógica para mí.

O quizá lo era, solo que ahora no me apetecía pensar en ello.

Capítulo 20 (Derek)

Cuando abrí los ojos, la luz del sol se colaba por una de las ventanas. El hecho de que la casa estuviera compuesta de múltiples metales muy delgados, hacía que el calor fuera más asfixiante e insoportable que de costumbre. Me levanté con cuidado a la vez que me restregaba los ojos con los nudillos para aclararme la vista. Al acercarme a la sala, noté que la puerta principal estaba abierta. Suspiré. Afuera, el ruido que producían los demás al entrenar me hizo deprimir instantáneamente. Quería salir a entrenar con ellos, necesitaba sentirme útil. Claro estaba que, si lo hacía, solo conseguiría retrasar mi recuperación y, más adelante, ser un verdadero estorbo. Faltaba realmente poco para que pudiera dar el cien por ciento de mí, y al no querer aceptar la ayuda de Isabel, no tenía otra opción que esperar.

—Buenos días, Derek —me saludó el abuelo, acercándose desde el fondo—, ¿cómo te sientes?

—Mal —torcí los labios en una mueca de aburrimiento—, me siento inútil. Mira eso —señalé hacia el exterior con un dedo—, hasta Isabel parece más útil que yo ahora.

—Entonces, ¿quieres sentirte útil? —el abuelo Xavier tenía una rara expresión, no sabría cómo descifrarla.

—Sí —dije sin pensarlo demasiado a la vez que me sentaba en una mesa que servía de comedor.

—El destino es complicado de entender —comenzó a explicar el abuelo tras sentarse frente a mí. Sinceramente, no sabía a qué venía todo eso—, hay que hacer pequeños o grandes sacrificios de vez en cuando para que todo salga como se tiene planeado. A veces, se requiere tener practicidad, aunque eso repercuta negativamente a nivel emocional. Hay que saber actuar a nivel global más que personal.

—No entiendo —murmuré despacio—. ¿Quieres decirme algo, abuelo?

—Novodévichy. Esa es una de las palabras que mencionó Isabel en sueños, ¿no?

—Sí... —lo miré fijamente—. ¿Sabes algo al respecto?

—¿Sabes dónde estamos?

—Scott me comentó que le pediste que colocara el piloto automático con rumbo a Rusia. Bueno, este lugar no puede ser otro que Rusia, entonces.

—Moscú, para que seamos exactos —sonrió. Sus labios sonreían, mas sus ojos reflejaban una profunda tristeza. ¿Qué le pasaba? ¿Debería preguntarle?

—¿Estás bien, abuelo? —me atreví a cuestionar, realmente me preocupaba.

—Hay algunos lugares con ese nombre aquí en Moscú —relató, ignorando tranquilamente mi pregunta—. El convento de Novodévichi, el cementerio Novodévichi, el monasterio de Novodévichi... tal vez se me escape alguno.

—Quieres decir que... ¿hay algo especial en alguno de esos lugares?

—Es muy probable —asintió con convencimiento.

—¿Y por qué no lo mencionaste antes?

—Todo a su tiempo, hijo.

—Tiempo es lo que más hace falta, pero... Entiendo —sonreí, colocándome de pie con entusiasmo—. Me alistaré en un periquete, no tardaré, por favor espérame.

—Creo que no has entendido —ese comentario hizo que me detuviera en seco—. Yo no iré contigo, Isabel será tu compañera.

—¡¿Qué?! —casi grité, aquello parecía una broma de muy mal gusto—. No puede ser cierto. ¡Ella solo sería una carga!

—Eso no es verdad, Derek, ella te salvó la vida. Además, no vas a necesitarme para hallar el lugar indicado, con solo verlo lo sabrás.

—¿Cómo lo sabes?

—Sexto sentido.

Bufé con hastío, pero el abuelo me ignoró. ¿Por qué debía tener a Isabel atravesada todo el tiempo en mi camino? ¡Ella era insoportable! Quise negarme, blasfemar, gritar... todo sería una estupidez y una verdadera perdida de esfuerzo. Cuando el abuelo decía algo, no había manera de llevarle la contraria.

El silencio era tan inquietante que deseaba poder colocar música sin que se desataran problemas por ello. En lo que conducía el Blue Canary rumbo a la dirección que me había dado Xavier, Isabel a mi lado, observaba por la ventana. Cuando el abuelo le mencionó que yo tenía que decirle algo, parecía muy emocionada al encontrarse conmigo, sin embargo, en el instante en el que le expliqué lo que debíamos hacer en el exterior, se enojó de pronto y no volvió a hablarme. Por favor, las mujeres son un crucigrama para resolver en lengua muerta, ¿quién las entiende? Sé que ya he dicho esto, pero todo se basa en que sencillamente no lo comprendo. Si algo les molesta, ¿por qué no simplemente hablan de su problema?

—Hey —comenté, el silencio me estremecía—, ¿qué ocurre? Si no querías venir pudiste decirle al abuelo, al fin y al cabo, fue su idea.

—No es nada —repuso con fastidio y sin siquiera voltear a verme—, solo no entiendo para qué me trajiste, no creo que pueda ayudarte demasiado.

—Eso ya lo sé —suspiré—, como dije, no fue mi idea.

—¡¿Y por qué no te negaste, imbécil?! —aulló, revolviéndose el cabello como una loca. ¿Cuál era su problema?

—No funcionó, idiota —me quejé entre dientes—. Vamos, Rivero, procuremos que esto no sea una pesadilla, ¿bien?

El horrible silencio regresó para acompañarnos una vez más. Lo sé, Isabel solo era una citadina malcriada que estuvo acostumbrada a tenerlo todo, tal vez no serían riquezas, pero nada le hacía falta. Era una estúpida, una grosera e inescrutable mujer, sin embargo... algo le pasaba. Por muy Majinghost que yo fuese, eso no me daba el poder de meterme en su mente y saber lo que le sucedía. Bueno, podría hipnotizarla... Bah, qué pérdida de tiempo.

De repente, quedé impactado al ver lo que se ubicaba frente a nosotros. Detuve el auto de golpe y los dos bajamos para observar mejor. Era una construcción, no una cualquiera, una intacta; se veía tan imponente sobre las ruinas que era impropio no asombrarse al detallarla. Los colores blanco y amarillo eran los que más sobresalían en ella, las cúpulas eran redondeadas al estilo indio y una enramada de árboles muertos la rodeaba.

—¿Este es el lugar que buscamos? —interrogó Isabel junto a mí.

—Es probable —respondí—, el abuelo dijo que sería fácil de hallar.

—¿Y no es peligroso entrar? —ahora era ella la cautelosa.

—No creo... *"Eso espero"* —aseveré sin más, echándome a andar—. Vamos.

Con cierto nivel de precaución, Isabel y yo optamos por entrar. Llegamos hasta un espacio abierto, recubierto de paredes y libre de techo; había algunas estatuas y tumbas por doquier, por lo que era obvio deducir que se trataba del cementerio. Era muy extraño que la construcción estuviera intacta, pero más raro aún, era que la vegetación fuera verde y tupida; las flores de colores sobresalían ansiosas para mostrar su hermosura. El aroma era agradable a pesar de ser un cementerio, las flores emanaban un olor particular que me hacía sentir cómodo.

—¿Y ahora qué hacemos? —escuché a Isabel, sacándome de mis pensamientos.

—No sé —me encogí de hombros—, tal vez debamos buscar alguna cosa que no encaje con este sitio.

—¿Que no encaje? —ella arqueó una ceja—, como tú y yo, ¿por ejemplo?

—Exacto, algo así.

Mientras Isabel inspeccionaba la parte de la izquierda, yo empecé a hacer lo mismo con la parte derecha. A simple vista, no parecía haber nada que no fueran tumbas; los nombres de los difuntos estaban escritos en ruso, por lo que sería imposible para mí leerlos. En tanto que me dedicaba a observar con curiosidad el lenguaje ruso plasmado en las lápidas, oí que Isabel emitió un grito muy agudo que me dejó frío.

Velozmente, corrí a su encuentro para verificar lo que le ocurría. La encontré parada mirando hacia la nada, parecía estática o en shock.

—Oye, ¿qué tienes? —le cuestioné, a la vez que la sacudía de los hombros sin que ella siquiera notara mi presencia.

Pasé la mano delante de sus ojos, pero su mente definitivamente se encontraba en otro lado. Al alejarme unos pasos de ella para analizarla mejor, algo que reposaba entre sus dedos me llamó la atención. Volví a acercarme otro poco para corroborar mis sospechas...

Sí, era lo que pensaba, un gato negro de porcelana se ocultaba con diligencia entre sus manos.

Capítulo 21 (Isabel)

En lo que Derek observaba las lápidas con curiosidad, refunfuñé pensando en que era un idiota, o tal vez yo era la idiota por suponer que me felicitaría por mí cumpleaños, si es que lo sabía. Sí, estaba cumpliendo 25 años, todos lo supieron, todos me felicitaron... claro, todos menos el que más me importaba. Rodé los ojos, era mi culpa por esperar demasiado de alguien al que solo le estorbaba. Evitando seguir pensando en ello, di dos pasos hacia adelante antes de que mi mirada chocara con algo escondido en la vegetación. Sin primero especular, me agaché para recogerlo. Abrí mucho los ojos al ver lo que era... El gato de porcelana. Por un momento me abstuve de asirlo, quizá haría que regresara a casa, pero pensándolo un poco mejor, lo agarré en un impulso. Tal vez, lo más conveniente para mí era regresar, de lo contrario, ¿Por qué estaba la porcelana ahí? ¿Por qué Xavier nos había enviado hasta allí?

Me coloqué de pie con dificultad, todo a mi alrededor empezó a dar vueltas. Respiré profundo para estabilizarme, me sentía mareada y soñolienta. Aterrada por la repentina sensación, grité alarmada; me pregunto si realmente grité pues, no llegué a oír mi voz en ningún momento. El suelo bajo mis pies desapareció, o eso supuse cuando de repente me hallé flotando en la nada. El negro profundo invadía mi cerebro como si se tratara de un sueño, y daba igual si abría o cerraba los ojos. Derek, tanteé llamarlo, pero mis labios no obedecieron. Perdí la noción del tiempo por lo que bien podría ser un rato largo o corto, no conseguía dilucidar cuál de los dos.

Mi cerebro volvió a conectarse con mi cuerpo en el momento en el que mis alrededores empezaron a tomar forma. Ahora me encontraba sobre el andén de una carretera. Reconocí el lugar, era Bogotá; había tiendas, almacenes, vehículos transitando, transeúntes aquí y allá... Mientras detallaba todo, un auto gris que conducía lentamente sobre la avenida me llamó la atención. Lo sentía familiar, pero como no pude recordarlo, opté por seguirlo con la vista. Quería saber quién o quiénes estaban en el interior, así que corrí para alcanzarlo, no obstante, algo hizo que me detuviera de una estocada. Un barullo rompió el aire cuando un bus que venía a toda marcha desde la derecha, en pleno cruce acometió al auto gris y a unos cuantos vehículos más, formándose así, un accidente aparatoso. Me tapé la boca con las manos bastante impresionada, el humo, los gritos y el tumulto no se hicieron esperar.

Con cierta valentía y curiosidad, decidí aproximarme al auto gris, sin embargo, me detuve cuando vi a alguien familiar. ¡Louis! Se veía algo más joven de lo que recordaba. Él se acercaba al auto con cautela, como si alguien lo llamara.

—¡Louis! —grité su nombre un par de veces sin que él diera señal de escucharme, de hecho, solo hasta ese momento caí en la cuenta de que nadie me oía ni veía.

Me acerqué un poco más para ver mejor la escena, pero al verla, deseé no haberlo hecho. Las personas dentro del carro... ¡Eran mis padres! Estaban muriendo...

—Aún conservas... el gato... ¿verdad? —jadeó mi madre, dirigiéndose a Louis. Su rostro apenas se distinguía debido a la sangre que le manaba de la frente.

—Sí... sí señora —tartamudeó él, temblando—, pe... pero no se... se preocupe, llamaré una ambulancia en… en seguida, todo estará bien.

—No hay tiempo —gimió mi padre, creo que tenía un pedazo de vidrio ensartado en el pecho—, debes dárselo tú.

—¡No! —Louis lloraba; yo lo acompañaba—, ustedes... ¡no pueden morir! Tal vez alguno de mis compañeros de trabajo que están aquí a la vuelta...

—Recuerda el deseo —lo interrumpió mi mamá, sé que se esforzaba por mantenerse despierta, por mantenerse viva unos segundos más—, cuídala bien... No le digas... que viene de nosotros.

—¿Por... por qué no?

—Yo lo haré cuando sea el momento —indicó mi padre—, ella aún no sabe muchas cosas...

—¿Qué cosas? —indagué yo, aun sabiendo que no podían escucharme. Tenía la cara empapada en llanto y un dolor me atenazaba el pecho y el corazón.

Fue entonces cuando llegaron las ambulancias y sacaron a Louis —además de la excesiva y repentina muchedumbre que se había creado—, enseguida del lugar. Mientras los paramédicos subían a mis padres a la ambulancia, lo supe; ya estaban muertos. Grité de rabia, de dolor. Fue muy grotesco tener que ver agonizar a mis padres, sin mencionar que ellos bien sabían de mi origen y nunca mencionaron nada al respecto. Lloré, lloré hasta cansarme. Necesitaba hacerlo, necesitaba deshacerme de ese dolor punzante que me martillaba el corazón sin piedad.

Cuando alcé la vista para emprender un nuevo rumbo, me fijé en que ya no me hallaba en la carretera, el sitio había cambiado. Lo observé extrañada, aunque había algo familiar en él, no sabía qué era. Analicé las mesas ocupadas con herramientas de construcción, otras con objetos enormes y desconocidos para mí, al fondo unos estantes... El lugar era enorme y oscuro.

—Isabel —alguien pronunció mi nombre atrás de mí—. ¡Feliz cumpleaños!

Al darme la vuelta, vi que un hombre se acercaba. Me bastó verlo a unos metros de distancia para saber de quién se trataba. Entusiasmada y felizmente sorprendida, corrí hacia él a toda velocidad y me refugié en sus fuertes brazos.

—¡Papá! —no pude evitar llorar nuevamente—. ¡Estás aquí!

—Siempre he estado contigo —dijo él con cariño—, ¿lo recuerdas?

—Sí —me hallé diciendo. Mi papá era la persona de mis sueños, ahora lo recordaba. De hecho, siempre lo sabía mientras dormía, solo hacía falta despertar para que olvidara todo—. ¿Por qué siempre estamos en este sitio? —agregué. Era gracioso saber que este lugar, esta fábrica, siempre me había causado gran curiosidad. Aun así, no sabía prácticamente nada de su significado.

—Este sitio está ligado a tu destino —profirió mi padre con calma—, no puedo hablarte ahora de él, pero pronto lo sabrás.

—Está bien —sonreí—. ¿Cómo está mamá?

—Muy bien. Ya ha pasado al segundo plano y yo debo ir a acompañarla.

—¿Segundo plano? ¿Acompañarla?

—Cuando llegue tu hora lo entenderás —me acarició el cabello con afecto—. Por ahora, debes ser fuerte y, sabes bien lo que quiero decir con ello. Sigue la sabiduría y el amor que existen dentro de ti para que, con ambos, puedas ayudar a otros.

Sí, ahora lo recordaba bien, recordaba mi misión. Mi padre me había moldeado todo este tiempo cada que dormía. El gato era un medio de transporte obligatorio para llegar hasta aquí, al parecer, el deseo solo era una excusa para activarlo.

Mi poder, yo era experta en utilizarlo gracias a mi padre. En mis sueños, entrenaba con él todo el tiempo, tanto física como mentalmente.

En ese instante, sentía que por fin la venda se me caía de los ojos. Actuaría bien, tenía una repentina sabiduría para hacerlo. ¿Existía un ser superior que se pudiera sentir satisfecho con mis actos? Esperaba que sí. Mi papá siempre había sido muy devoto a Dios, tal vez por eso la gente se sentía tranquila cuando se encontraban cerca de él.

—¡Lo haré! —declaré, entusiasta.

—¡Esa es mi hija! —asintió mi papá sonriendo—. Entonces, ya debo irme.

—¿Tan pronto? —hice una mueca de disgusto—. Al menos quédate otro poco.

—No puedo.

—¡Por favor!

—¡No puedo! —mi papá se revolvió el cabello de mal humor. Sí, esa era su manía y yo se la había heredado.

—Está bien, ya entendí —musité, rendida—. Como mínimo podrías explicarme por qué nunca me hablaron de mi poder antes de irte.

—Íbamos a hacerlo, te lo juro, solo que el tiempo no nos alcanzó.

—Louis, ¿por qué tenía el gato, él sabía lo que soy?

—Sabía que eras especial, aunque no conocía los detalles.

—¿Cómo es que alguien ajeno se entera de eso primero que yo? —no me molestaba, no ahora, pero eso no significaba que me agradara la idea.

—Louis es el bisabuelo del chico que te gusta —sonrió mi papá con picardía—, no creo que sea tan ajeno después de todo.

No pronuncié palabra alguna, casualmente, no había nada que decir. Mi padre simplemente desapareció después de aquello y lo hizo con una amplia sonrisa enmarcada en su rostro. Pensé que lloraría después de su ida, mas no fue así. Me sentí feliz, por él, por mi madre, por mí. Pude ver sus amables ojos oscuros por última vez, siendo esto más de lo que podía pedir.

No dije nunca que no tuviera miedo de cumplir con mi propósito allí, lo tuve y es normal. De todos modos, eso no iba a impedir que diera lo mejor de mí.

Capítulo 22 (Derek)

"Gato de porcelana, gato de porcelana" pensé repetidamente hasta que recordé lo que era; el objeto del que hablaba Isabel, el que, según ella, la trajo hasta aquí. Me plantee la idea de quitárselo pues, probablemente era esa cosa la responsable de tenerla en ese estado de inconsciencia.

Un estruendo atrás de mí hizo que detuviera mis manos en pleno camino. El sonido era una combinación espantosa entre el metal y la vibración que emite la energía, muy similar a los truenos, aunque levemente más aguda. Me di la vuelta solo para comprobar mis sospechas.

Sí, definitivamente eran los Majinghost, unos 30 como mínimo. Para mi asombro, Haruka encabezaba la lista.

—I knew you'd come, my love —murmuró Haruka, colocándose un mechón de cabello tras la oreja.

—What? But... —fue todo lo que pudo salir de mi boca. Estaba tan sorprendido que no terminaba de digerir el asunto. Para ser sincero, no esperaba en absoluto volverla a ver tan pronto.

—This place... is important, isn't it?

—Not really. This just... —realmente no conseguía decir algo coherente. Estaba en shock, casi como Isabel.

¿Por qué no se me había ocurrido que venir hasta aquí podría ser tan peligroso? Era obvio, si el cementerio seguía intacto, estaba más que claro que los Majinghost sabrían que algo fuera de lo normal sucedía con él. Ahora que lo pensaba, mi abuelo sí debió suponerlo. Yo solía ser muy impulsivo, a veces dejaba pasar cosas importantes por alto, pero él no; era tan detallista que daba miedo. Aquella situación era demasiado previsible como para que no la notara... ¿Por qué no me lo dijo?

—It will not be so easy, Derek —Haruka sonreía de una forma detestable, como si creyera que todo el poder del mundo recaía en sus manos—. I need you, but not her, so... I'm going to kill her right now.

—Over my dead body, bitch! —de pronto, la ira me recorrió cada fibra del cuerpo y me lancé sobre Haruka sin siquiera pensarlo.

Antes de conseguir llegar hasta ella, algunos Majinghost se interpusieron en mi camino. En menos de nada, una lluvia de misiles y disparos provenientes de aquellos monstruos, llegó hasta mí; apenas si pude esquivarlos con gran esfuerzo. La transmutación en grafeno o diamante me costaría demasiada energía, así que probé usar un ataque defensivo. Haciendo uso de mi entorno, comencé a lanzarles una secuencia constante de lápidas a través de la telequinesis.

Así continué por algunos minutos, o menos, hasta que me di cuenta que la mejor opción sería atacarlos uno por uno.

Pacientemente, esperé a que ellos tomaran la iniciativa de atacarme. Paso seguido, convertí mi brazo derecho en un catalizador de ferrocerio. Utilizando algo de plutonio y su piroforicidad, conseguí fundir por lo menos a cuatro o cinco de ellos.

Miré hacia atrás solo para comprobar que Isabel continuaba tan ensimismada como había quedado desde que la escuché gritar; probablemente me sería de ayuda que estuviera consciente. Para cuando regresé la vista al frente, los Majinghost no se hallaban, o más bien no se veían gracias a la invisibilidad. Escuché la risa estridente de Haruka haciendo eco en mis oídos desde algún sitio, la muy perra ni siquiera era capaz de enfrentarme personalmente.

No había terminado de pensar en cuál sería mi próximo ataque, cuando me di cuenta de que ya no me estaba moviendo a mi voluntad. Tanteé moverme un par de veces, mas mi cuerpo no hizo caso a lo que yo le ordenaba.

—It's hypnosis —indicó Haruka, reapareciendo en sincronía con los demás—. After all, perfection doesn't exist.

Con el poco control que tenía en mis ojos, observé que los ojos de los Majinghost brillaban. Aquel era el resultado de usar hipnosis, el iris emitía un pequeño resplandor dejando ver así, la energía utilizada. Era realmente horrible sentirme así. No sé si era trampa o astucia de su parte, solo supe que me sentía como un imbécil, ni siquiera podía hablar. Haruka me observó complacida, los demás hicieron lo mismo.

La Majinghost se hizo muy cerca de mí, tan cerca que pude ver sus ojos azules brillar con malicia; eran fríos como el hielo. Con su dedo pulgar recorrió mis labios quedamente y, aunque yo quería hacer algo para detenerla, solo pude quedarme allí, sin lograr hacer nada al respecto.

—Patience is a virtue, you know? —volteándome para que yo pudiera ver a Isabel, prosiguió—. I'll kill her in front of you, so you never forget.

Se me hacía difícil respirar. Por más que procuraba moverme, gritar, cualquier cosa, no podía hacer nada. Haruka apuntó un proyectil de su brazo derecho hacia Isabel. *"¡Por Dios, Isabel!"* pensé *"¡Reacciona!"* Haruka disparó el proyectil y al chocar contra el cuerpo de Isabel, se hizo una explosión; no era muy grande, pero sí lo suficientemente fuerte para matarla. Me sentí impotente y predecible, incluso empecé a llorar de la ira.

El humo no paraba de emanar, el fuego no se apagaba, no se veía ningún rastro de Isabel.

✦ ✦ ✦

Abrí los ojos con gran esfuerzo. Cuando quise moverme, pude hacerlo medianamente. Me encontraba atado de pies y manos con grilletes de diamante, además de hallarme envuelto en una cadena hecha del mismo material. La camilla metálica sobre la que reposaba mi cuerpo era tan fría como el lugar.

Observé el sitio con cuidado a pesar de la poca luz que aguardaba. Era enorme. Pude ver estantes repletos de cristales con cualquier cantidad de líquidos coloridos, mesas a lo lejos con lo que a mí me parecía una chatarrería de objetos encima y maquinaria por doquier. El techo tenía una maraña de tubos metálicos que de seguro exportaban gas al exterior. Al respirar profundamente, podía sentir un olor particular que me recordaba a un hospital y a un taller de reparación de autos al mismo tiempo. Era un lugar enigmático, yo lo describiría como una mezcla entre un laboratorio y una fábrica.

¿Isabel? Pensé en ella inmediatamente. Recuerdo que Haruka y los otros Majinghost se encontraban mirando atentamente la explosión que se provocó en el cuerpo de Isabel. Luego, de un momento a otro, los Majinghost empezaron a caminar con la intención de marcharse, quizá se aburrieron de ver que no pasaba nada más aparte del incendio y del humo.

Hablando de mí, no tengo idea de cómo llegué hasta allí, lo más probable es que me hubieran hecho perder el conocimiento para que no supiera en dónde estaba. Isabel... tenía la esperanza de que estuviera viva y de que los demás la encontraran, debía aferrarme a esa esperanza, era lo único que me quedaba.

Observé los grilletes, con algo de esfuerzo, lograría quitármelos.

—Yo de ti no haría eso —escuché una voz femenina. Cuando se aproximó, tuve que tragarme un grito, ¿Haruka hablaba español? —. Me alegra verte despierto, mi amor.

—¿Cómo es que...? —no pude terminar la pregunta, tenía la boca seca.

—Your blood, tu sangre —sonrió triunfante—, tenerla dentro de mí hace que tenga una conexión contigo. Ahora sé todo lo que tú sabes.

Aquello tenía que ser mentira. Si ella sabía todo lo que yo, eso significaba que sabría dónde estaban mi abuelo y los otros. Eso no sonaba muy gratificante, tenía que hacer algo para detenerla, pero, ¿qué?

—No te preocupes —susurró Haruka con naturalidad—, por ahora, la única que lleva tu sangre soy yo.

—¿Qué es lo que quieres? —jadeé con esfuerzo.

—Eso ya lo sabes. Debo evitar tu plan ridículo de salvar el mundo.

—¿Y después?

—Bueno, existen muchos planetas allá afuera esperando ser visitados por nosotros y, como ya sabrás, el oxígeno no es indispensable para un Majinghost —su cinismo era exasperante—. Tal vez encontremos vejámenes que sean buenos obedeciendo.

—Qué estupidez. A pesar de ser una Majinghost, tu mentalidad es muy limitada.

—No es así, Derek, lo sabes. Querer gobernar el mundo puede ser una idea básica, pero llevarla a cabo y lograrlo... —convirtiendo las uñas en acero, las clavó en mi garganta—, eso es algo que nadie ha hecho nunca.

—Eres una zorra artificial —siseé, lo cual ocasionó que ella me clavara las uñas aún más.

—Te vas a arrepentir de decir eso —llevándose los dedos a la boca, lamió mi sangre de manera repugnante—. No pensaba hacerte más daño, necesito que te recuperes del todo para que tu sangre sea útil para todos los Majinghost, de todas formas... No creo que me moleste tener que esperar unos días más.

>>Arrancaré una de esas lindas manos que tantos Majinghost han matado, seguro vas a disfrutarlo.

En cuanto su mano se convirtió en grafeno, abrí los ojos dramáticamente. Su corte no fue limpio, tardó más de un par de segundos en hacerlo. Mi grito hizo eco en el lugar en el proceso de corte, grité hasta desgañitarme; un par de lágrimas se me escaparon de los ojos.

La mano cortada cayó al suelo y la sangre comenzó a emanar escandalosamente del muñón de mi brazo derecho. Me sentí mareado y con ganas de vomitar.

—Ssshh, duerme —murmuró Haruka cerca de mi oído izquierdo. El sudor me recorría la frente y la espalda—, todo va a estar bien.

Capítulo 23 (Isabel)

Los Majinghost se llevaron a Derek y tuve que dejar que lo hicieran. En cuanto terminó aquella alucinación, o lo que sea que haya sido todo aquello que vi al coger el gato negro de porcelana, noté que había fuego y humo en mi derredor. No sé qué lo provocó, solo supe que un campo brillante de un amarillo ámbar me rodeaba completamente, impidiendo que el fuego pudiera tocarme. A través del humo, noté que los Majinghost observaban atentos en mi dirección; Derek se hallaba casi inconsciente en los brazos de la rubia a la que no pude aniquilar la última vez. Quería rescatarlo, aun así, pensé que lo mejor sería hacerles creer que yo estaba muerta, de esa forma, el trabajo que tenía que hacer se me facilitaría mucho más.

Ahora, conocía mi poder tanto como podía conocerme a mí misma. Sabía lo que podía o no hacer, sus falencias, sus virtudes y, sobre todo, sabía cómo usarlo a mi antojo. Inserté en la mente de los Majinghost la idea de que yo estaba muerta; no había manera en la que pudiera salir con vida de aquel ataque explosivo. De cierto modo, ellos ya lo suponían, lo único que hice fue convertir ese ideal en una creencia indiscutible. Debido a ese pensamiento, los Majinghost no tardaron en marcharse sin siquiera acercarse a verificar mi posible cadáver.

Al no tenerlos cerca, suspiré aliviada, pero ello no impidió que un vacío en el pecho me atormentara con rigor; tenía que ser rápida y precavida para evitar que le hicieran demasiado daño a Derek. Él era fuerte y valeroso, pensé que soportaría el tiempo suficiente para que yo hiciera algo al respecto.

Decidida a actuar, corrí hacia el exterior hasta llegar al Blue Canary. Una vez allí, agarré el radio comunicador y, tras oprimir no sé cuántos botones para conseguir comunicarme con alguien del otro lado de la línea, oí el sonido ronco que vibraba a través del aparato.

—Hola, hola —saludé por medio del objeto—, ¿alguien puede oírme?

—Isabel —escuché la voz de Xavier luego de un minuto casi agónico—, me alegra saber que estás bien.

—Sí, gracias —de pronto, los nervios se atravesaron en mi sistema, hasta el punto en el que hablar del tema, me parecía todo un reto—. El problema es Derek. Los Majinghost... se lo llevaron —esperé una respuesta que no llegó, por lo que opté por continuar—. Quería rescatarlo... sin embargo, pensé que sería mejor hacerles creer que estaba muerta... Recordé algunas cosas requeridas que debo hacer para acabar con los Majinghost...

—Lo sé, hija —repuso el anciano al fin—, por eso los envié hasta allí.

—¿Qué? —el radio comunicador tembló bajo mi tacto—. ¿A qué se refiere?

—Era obvio que, si iban hasta allí, los Majinghost lo sabrían —relató pausadamente, como cuando un niño procura justificar su travesura—. Desde el principio, yo sabía que sería peligroso, pero también era necesario. La única forma de hacer que tu mente avanzara, era que fueras a ese lugar y, quién mejor que Derek para acompañarte.

—¿Qué dice? —experimenté unas ganas terribles de lanzarme sobre el viejo y ahorcarlo. Si lo tuviera delante de mí, seguro lo habría hecho—. ¡Pudimos haber venido todos! ¿No le importa su nieto?

—Evidentemente me importa —su susurro lastimero solo hizo que mi coraje aumentara—. Si íbamos todos, solo lograríamos que los Majinghost estropearan el trabajo que debes hacer. Ahora ellos están entretenidos pensando que tienen la guerra ganada por el hecho de tener la sangre de Derek y, suponiendo que te han matado.

—Eso no significa que ya no sean un problema —alegué con obstinación. Si era cierto aquello de que querían la sangre de Derek, lo más probable sería que la obtuvieran torturándolo o de algún modo poco ético y, fuera cual fuera el caso, no lo harían agradable en lo absoluto.

—Derek estará bien. Él es fuerte, no se dará por vencido sin hacer algo antes.

—Sin embargo...

—Confía en él —me interrumpió con diligencia—. Si yo no confiara en él, jamás lo habría colocado en peligro.

Xavier podría tener razón, Derek era valiente, y a pesar de ser algo cabeza dura, razonaba cuando la situación lo ameritaba. Yo también confiaba en él, por algo lo había dejado en las manos de los Majinghost. Suspiré, ya había llegado el momento de que yo hiciera algo más que encontrarme a la deriva. Pensé en el destino. Por lo que se cree, hay situaciones que dependen de las decisiones que cada uno toma en su vida, no obstante, también puedo llegar a creer que hay algunas otras que son irrefrenables, como el hecho de que alguien nazca sobre la faz de la tierra y cumpla con una misión establecida.

El gato de zoológico ocultó los brazos bajo el nylon y la hierba, fue lo que leímos entre todos, sobre la esquina baja de una lápida, escrito en español. Me revolví el cabello, confundida, los demás entornaron los ojos para mirarme.

—¿Y esa tontería qué significa? —interrogó Sam con aburrimiento.

—No lo recuerdo —comenté con voz pasiva—, quizá sea un acertijo.

Todos me observaron con desaprobación. Hacía tan solo un par de horas atrás que habían venido. Xavier opinó que seríamos más fuertes si estábamos todos juntos.

Recorrí la frase con la vista una vez más, pero no comprendí una sola palabra. Yo sabía que había ocultado algo aquí, algo que, por cierto, se encontraba dividido en cuatro partes. Cada una de esas partes estaba en un país distinto. Sabía que debía unir las partes, sabía que existía un orden de encuentro. Al parecer, no lo recordaba todo, por lo que sería más complicado de lo que había vaticinado.

—No importa —sonrió Kristen, cordial—, siempre podemos ayudarte a pensar.

—¿Al menos recuerdas si es literal? —cuestionó Scott con seriedad. Creo que a él era a quien más le había afectado que los Majinghost se llevaran a Derek.

Por lo que veía, Xavier les había comentado que tenía un plan en mente, mas no les había platicado de qué se trataba.

—No lo sé —fruncí los labios con ansiedad—, supongo que hay que mirar todas las posibles perspectivas.

—Aquello de "bajo la hierba" parece algo obvio y razonable —indicó Austin pensativo, sin perder la amabilidad—, imagino que lo que sea que estamos buscando, debe estar enterrado, posiblemente en alguna tumba.

—Tú mencionaste algo sobre los estados de la materia —Xavier me miró atentamente—. ¿Esa información te dice algo?

—Los estados de la materia... —repetí como un autómata.

Mientras me dedicaba a intentar recordar o colocar orden a mis ideas, los demás, excepto Xavier, empezaron a recorrer el sitio buscando algún indicio. Me golpeé la frente con la palma de la mano. ¿Qué podría ser, dónde podría estar?

—Yo digo que empecemos a cavar —escuché la voz de Austin a lo lejos.

—¿Conoces el Nylon? —interrogó el abuelo Xavier, mirándome con cariño.

"Nylon" repetí mentalmente. Observé las tumbas, palpé un par de lápidas, detallé los nombres de los difuntos sin entender el lenguaje. Nylon. Se supone que es un hilo transparente o tal vez blanquecino; un hilo que más bien parece una cuerda. Un hilo...

—Esto es el colmo —oí a Samuel, dirigiéndose a Kristen—, no es que esté de acuerdo con las flores para los difuntos, aun así... ¿es en serio? —él sostenía algo en las manos, algo que agitaba frente a ella—. Un pedazo de cabello me parece una grosería tremenda.

Hilo, cabello... ¡Claro! Corrí hasta él y observé con cuidado lo que sostenía en los dedos; era un mechón de cabello cano.

—¿Dónde lo hallaste? —pregunté, creyendo entender parte del acertijo.

—Allí —dijo Sam sin afán, señalando el césped junto a una lápida.

Me agaché y palpé la hierba. Era el mismo punto en el que reposaba el gato de porcelana, o posiblemente uno muy cercano. La lápida negra se me hacía indudablemente familiar.

—Creo que es aquí —señalé, colocándome de pie—, sería bueno que caváramos aquí.

—Lo haré en un santiamén —sonrió Scott con suficiencia.

Xavier se aproximó con cautela. Lo detallé en silencio en lo que Scott abría un agujero sobre la tierra.

—¿Usted sabe algo que no sepamos? —me atreví a cuestionarlo. Probablemente los demás me miraron como si yo fuera algo extraño, algo así como si fuese una cría de burdel.

—¿Algo cómo qué? —preguntó el anciano de vuelta.

—Como lo de su nieto, o el hilo —repliqué. Me escuché a mí misma siendo grosera, incluso altanera, mas no me interesó. Si realmente deseaba saberlo, no podía verme débil o parecer ingenua.

—Esa es una total falta de respeto —con sus ojos azul zafiro, Samuel me riñó en silencio.

—Está bien, Sam —Xavier sonrió complacido. En ocasiones, sinceramente no sabía qué pensar de él. Observándome, agregó—. A mi padre ya lo distingues bien. Él fue un inmaduro en su juventud, e indudablemente razonable en su madurez. Me dijo que en algún momento de mi vida tendría que hacer sacrificios necesarios. Con Derek, encontré la respuesta a ese consejo.

—¿Cómo sabía que el gato estaría allí? —fruncí el ceño con hostilidad.

—No lo sabía cómo tal —se acercó unos pasos a mí—. Lo que quiero decir, es que sabía que tú hallarías algo importante, solo que no sabía qué sería.

—¿Cómo podría saberlo?

—Sexto sentido.

Abrí la boca para replicar, pero nada salió de ella. Achiné los ojos pensativa, seguro me veía como la mala de la historia justo ahora.

—Lo del nylon también es mera intuición —añadió Xavier justo cuando yo presumía zanjar el asunto—, solo pretendía guiar tu mente para que la respuesta fuera más fácil y precisa.

—Oigan, encontré algo —la voz de Scott nos atrajo a todos. Solo en ese instante, me di cuenta que había cavado un hoyo tan grande en el que él cabía por completo.

Scott salió del agujero sosteniendo un frasco de vidrio, se veía vacío.

—¿Un frasco vacío? —Austin se notaba desilusionado.

—Eso no lo sabremos hasta que lo abramos —informó Kristen con positivismo.

En silencio, agradecí que todos ignoraran la tontería que me hallaba planteando hacía tan solo unos minutos atrás. Ahora, el punto de atención se fijaba en el envase de vidrio. Scott abrió el frasco solo para comprobar que se veía igual que cerrado, lo cual era más que evidente pues, el cristal era transparente, por ende, abrir el frasco no haría la diferencia. Scott me extendió el tarro y yo lo recibí. Como última opción, sacudí el recipiente, pero no había otro peso aparte de este.

—¿Y si metes la mano? —sugirió Austin con un dejo de aprensión.

Sin decir nada, introduje la mano. Al principio no sentí nada anormal, después, me pareció que el aire era algo más denso en todo el centro del frasco. Pasé los dedos lentamente y la sensación continuaba. *"Los cuatro estados de la materia"*... ¿Gaseoso? Cerré los ojos y vi en mi mente la frase de la lápida, solo que unas sílabas resaltaban ante las demás: *El **ga**to de **zoo**lógico ocultó los **braz**os bajo el **ny**lon **y** la hierba.* Al unirlas, una palabra incomprensible para mí, salía de ella.

—*Gazoobraznyy* —ni siquiera supe en qué momento la palabra se escapó de mis labios.

—¿Qué es eso? —Scott señaló el recipiente en mis manos.

Al bajar la vista, vi que una corriente de aire color rojizo me cubría los dedos. Por instinto, saqué la mano del frasco en seguida. El color rojo se fue materializando en algo más vivido y comprensible; ninguno de los allí presentes podía despegar la vista del recipiente. El proceso fue parsimonioso, pero al finalizar, todos pudimos observar con claridad lo que era. Eran un par de brazos de una muñeca de trapo.

Gazoobraznyy: **"Gaseoso" en ruso.**

Capítulo 24 (Derek)

¿Alguna vez mencioné que soy alérgico al peluche? ¿no? Bueno, quizá sea porque el peluche no es un material que prevalezca hoy por hoy. Soy alérgico al peluche, Haruka lo descubrió y se aprovechó de ello. Estoy encerrado en una habitación donde todo está forrado en peluche, es el infierno para mí y creo que no exagero al decirlo. Es insoportable, me la paso estornudando sin parar, sin mencionar que reduce considerablemente mis poderes debido a la falta de concentración que me produce. El solo hecho de tocar la suavidad del pelo suscita en mí, un miedo horroroso; es algo que puede sonar estúpido, mas no puedo controlarlo. Por si alguien se lo plantea, sí, soy un sujeto demasiado fuera de lo común.

Que Haruka lo supiera fue simple, ella sabe lo que yo sé hasta el momento, por lo que solo tuvo que meditar un poco y listo; minutos después, no le tomaría mucho esfuerzo transmutar varias repisas y una sierra de mesa, en no sé cuántos metros de peluche para amargarme la existencia.

El cuarto en el que me encontraba atrapado estaba revestido completamente por aquella pelusa, no hay nada que no estuviese forrado en ese horroroso material textil a excepción de la ducha. Sin embargo, lo peor de todo viene a ser el color, era de un rosa muy chillón y abominable capaz de acabar con la paz mental de cualquiera; no hubo día en el que consiguiera dormir tranquilo porque no he podido acostumbrarme a él. Respecto a la fobia que también poseo, podía soportar ver que estaba rodeado de peluche, incluso tener que estornudar, mas no podía tocarlo, eso seguro provocaría en mí, un ataque de pánico. Lo medianamente positivo para mí psique, es el hecho de haber podido vestirme tan cubierto como me ha sido posible, no hubo un trozo de piel que dejara al descubierto, sin mencionar la cabeza.

Decidía dormir en la bañera ya que era el único sitio en el que no había peluche, sin embargo, la incomodidad tampoco me dejaba dormir demasiado. Había pensado en transformar el peluche en algún otro material pues, podía soportar tocar el peluche con guantes aproximadamente dos minutos sin que mis nervios explotaran, no obstante, debo hacerlo a mano limpia, sin guantes, palpar la felpa con las manos descubiertas. Suena sencillo, pero no lo es para mí, el miedo siempre ha sido más fuerte que yo en ese sentido.

En aquel entonces, también cavilé sobre si debía transformar la bañera en una cama, pero prefería tomar un baño, aunque no fuese muy seguido. Gracias a la escasez de agua dulce por el cambio climático, era descabellado atreverse a gastarla sin razón, aun así, sentirme exageradamente sucio o insalubre era algo que me deprimía bastante. Con suerte me atrevería a usar la transmutación constante, pero la falta de energía no me lo permitía. Era un infierno, era mi infierno. De repente me hallé extrañando a Isabel y, al recordar lo sucedido, me sentí como un niño, uno muy triste.

La puerta que conduce al exterior está cerrada con llave así que no puedo salir. Mi energía está muy baja como para tantear abrirla, además, es más difícil de lo que simula a simple vista pues, ya lo he intentado.

El hecho de que mis poderes se reduzcan no significa que me haga más débil como tal, mi recuperación surge con normalidad. Solo reduce mi energía, la que necesito para actuar. En otras palabras, Haruka me tiene justo donde quiere, lo cual es verdaderamente deprimente.

—Deberías tomar asiento —escuché la voz de Haruka, penetrando en mis oídos sin que siquiera la notara entrar. Me encontraba tan ensimismado que simplemente no la percibí.

—No hace falta —murmuré, tras estornudar. La mayoría del tiempo me la pasaba de pie; sentarme sobre el peluche también suponía un desafío para mí.

—Me gustas cuando te portas bien —sonrió con ironía, acercándose. Cuando la observé, Haruka había cambiado las armaduras por el peluche; si antes la odiaba, ahora la detestaba doblemente—. Para ser sincera, me encantaría que vinieras con nosotros, visitar planetas nuevos será divertido. No hace falta que te aferres a este mundo, está demasiado destruido como para que digas que se puede hacer algo por un planeta así.

—¿Y qué pasa si destruir planetas se vuelve una monotonía insoportable? —su plan me parecía sencillamente ignorante. Para ser sincero, empiezo a creer que la maldad puede llegar a ser patética y un total despropósito.

—Destruir siempre es un placer. ¿O prefieres que te lo demuestre una vez más?

—¿Y crees que yo disfruto las mismas limitaciones que tú? —interrogué hastiado, ignorando su pregunta.

En el momento menos previsto, Haruka se lanzó sobre mí, arrojándome sobre una odiosa cama de felpa. El solo hecho de saber que si me movía el peluche tocaría mi rostro, hizo que me quedara paralizado; no faltaría mucho para que el cuerpo comenzara a hormiguearme por la falta de movimiento.

—Me gustas, Derek —sus manos apresaban mi cuello, reduciendo el aire en mis pulmones—. No tienes idea de lo mucho que disfruté matar a tu noviecita.

Abrí los ojos como platos al oírla. La primera chica en la que pensé fue en Isabel, pero no, ella no se refería a Isabel. Ema, a ella se refería. He tenido un par de aventuras con chicas, podría jurar que apenas si recuerdo sus nombres, en cambio a Ema... la quise como a nadie, junto a ella viví los mejores momentos, ella fue la primera que vio en mis ojos algo más que un color atractivo.

—¿No crees que se vale soñar por un mundo mejor? —comentó Ema, mirándome con sus enormes ojos negros; eran oscuros, pero era la mirada más transparente que había percibido en toda mi vida.

—Se vale —asentí—, lo que no sé, es si el sueño puede hacerse real.

—La gracia de soñar es suponer que se hará realidad.

—Quizá no sé soñar.

En esa época, los Majinghost continuaban con su proceso de destrucción, pero había cosas en orden, personas que aún vivían ocultas, como nosotros. Conocí a Ema porque los Majinghost aniquilaron a su familia y nosotros la acogimos a tiempo. Me enamoré de ella como nunca me había enamorado antes, estar con ella me daba esperanzas.

—Deberías dejarte crecer el cabello —sugirió una vez, mientras hablábamos bajo la oscuridad del cielo en la noche.

—¿Por qué? —su comentario era curioso, por lo menos para mí.

—Porque te verías más atractivo de lo que ya eres —su sonrisa tenía la capacidad de iluminar mi corazón de una manera decorosa—. Te parecerías mucho a un cantante de Rock, te daría mayor presencia.

—¿Cantante de Rock? —reí ante su idea. El Rock no me molestaba, pero eso de parecerme a uno de esos tipos de greñas largas no era algo que me llamara la atención.

—Te verías muy sexy —Ema guiñó un ojo—, tus rizos se prestan para ello.

—¿Qué tiene un cantante de Rock que no tenga yo?

—El cabello largo.

Fue una estupidez, pero ambos reímos como unos chiquillos. Estar con Ema era mi pasatiempo favorito, no había día en el que no disfrutara de su sonrisa. Sobra decir que fue por ella que me dejé crecer el cabello, aunque no estuvo para notarlo. Haruka fue quien la asesinó, además de ser la primera Majinghost que vi aparte de mi padre.

Haruka es muy guapa e inteligente, pero no es más que programación, una inteligencia artificial, un ser maligno por excelencia. No creo que pueda odiar tanto a un Majinghost, o a cualquier otro sujeto, como la odio a ella.

✦ ✦ ✦

—Desde que te vi, me gustaste —musitó Haruka cerca de mi oído. Yo me esforzaba por no perder la concentración a causa del pánico—, supe que eras como nosotros.

—No sabes lo mucho que me arrepiento de no haberte matado cuando tuve oportunidad. —pensé en hipnotizarla, solo que no funcionaría; mi energía era patética y ella era mucho más fuerte ahora.

—Será mejor que vengas con nosotros. Tus amigos morirán pronto, y si quieres vivir, solo podrás hacerlo si vienes conmigo. Si no quieres, prometo que voy a matarte dolorosamente.

¿Morirán pronto? Eso significaba que seguían con vida. Sonreí, no todo estaba tan perdido.

Capítulo 25 (Isabel)

Haber hallado un **Red Eagle** a las afueras del cementerio de Novodévichy en cuanto acabé con mi misión allí, fue de gran utilidad. Si me lo preguntaran, asumo que apareció gracias a que hice bien la labor de encontrar los brazos de la muñeca, no sabría explicar el porqué de mi razonamiento, solo parece una razón bastante viable. El Red Eagle también es un vehículo, solo que mucho más grande que el Blue Canary y el Green Falcon. Es de un color rojo grana, metalizado y posee la capacidad de transformarse en submarino. ¡Es sorprendente! Si no fuera por la terrible situación en la que se encuentra esta época, estaría maravillada.

Cuando hallamos los brazos de la muñeca, tuve la sensación nata de tener que unirla para que, al estar completa, tenga el poder de conceder un deseo. Por lo que presentía, era capaz de cumplir casi cualquier cosa, no obstante, algunas peticiones, como el hecho de desear que no exista la maldad, pueden resultar imposibles de conceder. El poder de un objeto tan pequeño y materialista no puede compararse con el poder que existe más allá de las estrellas.

Tras encontrar la primera parte de la muñeca, el orden a seguir era adverso al de las manecillas del reloj, por lo que nuestra próxima parada sería hacia el occidente. Xavier mencionó que el siguiente destino sería Uxmal, una ciudad en el Estado de Yucatán, México. Supuse que el sitio indicado sería la Pirámide del Adivino Uxmal, seguramente allí encontraríamos alguna otra parte de la muñeca. En esta nueva época, la única posibilidad de usar el Internet es por medio de los vehículos, pero esa capacidad está completamente bloqueada. No es difícil imaginar que los Majinghost hayan sido los causantes de ese bloqueo. Por suerte, el anciano era tremendamente bueno en geografía. Sus conocimientos fueron más que suficientes para programar el piloto automático con rumbos anteriormente definidos y así llegar a cada lugar sin mayores contratiempos.

El Red Eagle era muy veloz, incluso en submarino. Su piloto automático es una maravilla, solo habla inglés y no le entiendo absolutamente nada, sin embargo, no por ello deja de ser una obra fantástica de ingeniería.

A través de las pequeñas ventanas observé el océano. Creo que ese ha sido mi mayor pasatiempo desde que hemos estado dentro del submarino; el mar se hallaba tan oscuro y desolado, que procuraba inspeccionar detalladamente qué había de bueno en él. No había encontrado la primera cosa que sobresaliera para bien. El agua estaba contaminada a más no poder y, evidentemente, no existe ningún animal que pueda vivir así. Tampoco era raro ver restos de casas destruidas y desperdicios por doquier.

Mientras observaba el mar muerto en el que se había convertido, pensé en Derek. No supe cuántos días con exactitud habían pasado desde que los Majinghost se lo llevaron, solo sabía que habían sido los suficientes para extrañar su voz en cada una de sus facetas. Suspiré, por lo pronto, esperaba que estuviera vivo.

Derek... ¿Él pensaría en mí? ¿Creería que estoy muerta? Con lo cretino que era, aposté a que mi nombre no pasaba por su mente ni por equivocación.

—Hemos llegado —anunció Austin, posando su mano derecha sobre uno de mis hombros con brevedad.

La característica más útil que poseían todos los aparatos tecnológicos de este tiempo, era el hecho de poder convertirse en cajas metálicas del tamaño de una maleta. Notoriamente, lo aún más positivo, era la capacidad de fusionarse con objetos que manejen la misma técnica para formar algo mejor.

No se tornó precisamente lento el camino hacia Uxmal y, menos aún, la llegada a la pirámide. Al verla, noté que era sencillamente hermosa, además de ser lo más increíble que había admirado en mi corta o larga vida. Sin duda, el cementerio de Rusia era muy bello, sin embargo, los cementerios son lugares fríos, llenos de cuerpos inertes y vacíos. Nuestros seres queridos ya no están allí, ni lo estarán nunca más. Es como si guardáramos la cascara de una fruta que hemos comido, guardarla no hará que una fruta nueva nazca de ella. De todos modos, comprendo bien la necesidad de los cementerios, tanto para el ser humano, como para el planeta.

Por seguridad, le pedí a Austin que creara un campo de protección a mi alrededor con la función de impedir mi visibilidad ante otros. Con dicho escudo, solo Austin podría verme. Se lo pedí porque era evidente que los Majinghost estarían allí y, para entonces, sería mejor que continuaran suponiendo que yo estaba muerta.

—Estaremos juntos hasta que aparezcan los Majinghost —sugirió Kristen con gesto serio—. Cuando aparezcan, Isabel se dedicará a encontrar lo que vinimos a buscar mientras los demás nos encargamos de ellos.

—Ocultaría a Xavier con uno de mis escudos —afirmó Austin, contemplando sus pensamientos—, pero sería demasiado arriesgado. No existe una razón para que asuman que ha muerto, no después de saber que se recuperó.

—No lo saben, pero pueden sospecharlo. Por ahora, solo encárgate de crear un escudo para Xavier, Kristen, Scott y yo, que brinde protección únicamente —mandó Sam, observando a su hermano menor con serenidad—, del resto nos encargaremos nosotros. Solo por si acaso, quédate cerca del abuelo.

—Por supuesto —asintió Austin con énfasis.

Ya estando junto a la pirámide, observamos que en la parte baja, a un costado de la primera entrada, yacía la frase correspondiente: ***Las piernas languidecen si mas, si menos***. En ese instante, los Majinghost aparecieron de repente, como invocados por una idea.

Todos corrieron a su encuentro, incluso Xavier pues, no era seguro que alguno estuviera cerca de mí. Miré la frase sin entender. Me encontraba cavilando sobre lo útil que sería que todos pudiéramos estar ocultos bajo los escudos de Austin, no obstante, hacer un escudo de invisibilidad robaba demasiada energía cuando se hacía sobre una persona. Austin, a lo mucho, podría crear dos para evitar perder la consciencia, por ende, si creaba un tercero, de seguro se quedaría sin energía.

Suspiré, apartando aquella idea de mi mente, total, era inútil pensar en situaciones que no se podían llevar a cabo.

Tras de mí, escuché el barullo de los golpes provocados por la inminente batalla que acababa de proponerse. Cuando dirigí la mirada hacia atrás, descubrí que no serían más de 40 Majinghost. Austin y Xavier casi no estaban incluidos en ella. Samuel y Kristen eran increíbles, peleando en pareja se entendían notoriamente, se complementaban. Usaban la tierra para transmutarla en fuego, hielo, aire o simplemente darle dureza a la tierra en sí. Eran ágiles y casi parecían volar, de vez en cuando, arrojaban pequeñas bolas de materia que producían explosiones moderadas; supuse que no era en lo único que compaginaban. Volviendo a mirar la frase, noté que ese "mas" debería llevar tilde, cosa que me hizo suponer que, si no la llevaba, debía ser por causa del nombre del estado.

Le di casi la vuelta entera a la pirámide buscando rápida, pero meticulosamente, algún indicio, mas nada apareció. *"Languidecen si más, si menos"*, repetí mentalmente una y otra vez con estrés. Debía ser veloz, aunque no fuera una tarea sencilla. *"¡En medio!"* pensé, pero, ¿en medio de qué? Eché una ojeada a lo alto de la pirámide, la noche estaba ensombrecida por la oscuridad. A lo lejos, Scott, Kristen y Samuel, sangraban un poco, Scott era mitad normal, mitad metal.

Si algo les enfurecía a los Majinghost, era el hecho de no poder usar hipnosis, dilema que el escudo de Austin impedía sin inconvenientes. De todas formas, aquello no impedía que se alegraran de lanzar granadas, balas, misiles y cuanta cosa había en sus partes mecánicas, sin mencionar los enormes escombros que arrojaban por doquier, gracias a la telequinesis o su fuerza.

Me atreví a subir por las casi interminables escaleras de la pirámide, como mínimo, conseguiría tener una nueva perspectiva. A medio camino, me topé con una entrada que esquivé girando a la derecha, antes de subir por unas escaleras más delgadas; para ese entonces, ya me encontraba hiperventilando. Una vez arriba, miré la entrada en lo más alto, no sentía que fuera el lugar preciso. *"En medio"*... ¡Claro, la entrada central! Bajé de nuevo las escaleras tan aprisa como pude, hasta llegar a la entrada que había dejado pasar desapercibida. Adentro se veía oscuro. *"Mas"*, se oyó en mi cerebro. Las palabras "líquido" y "sólido" no llevaban ninguna "m" así que el único estado que quedaba era...

—Plasma —dije, mirando con atención. Agradecía que México hablara español como lo hacía Colombia, de todas maneras, cuando me llegara el turno de hablar en otro idioma como sucedió con Rusia, esperaba tener la respuesta de la misma forma.

La frase brilló en mi mente como lo hizo la anterior: *Las **p**iernas **l**anguidecen **si ma**s, si menos.* No muy lejos de la entrada, adentro, algo brilló con intensidad. Entré en la oscuridad solo lo suficiente para agarrar el frasco y enseguida, salir de nuevo. La luz de la luna en su máximo esplendor, había servido todo el tiempo de iluminación.

Dentro del recipiente, observé como dos barras gelatinosas se convertían en un par de piernas de muñeca.

—Debieron mandar la señal a los otros —se quejó Scott en lo que yo me dedicaba a curarlo. Kristen y Austin ya habían pasado por mis manos sanadoras—, la próxima vez, no será tan fácil.

—No te quejes como niñita —replicó Sam, quien tenía el rostro lleno de hilos de sangre; Kristen apoyaba la cabeza sobre su hombro—, esos pedazos de lata y piel artificial no se comparan con nosotros.

—Debemos darnos prisa —aconsejó Kristen, soltando a Samuel cuando yo me disponía a curarlo—, aún faltan dos países por visitar, la fecha se acerca.

Miré a Kristen con la mirada ausente. Solo hasta ese momento, recordé que estaba perdiendo mi época favorita del año: Navidad. Qué triste fue sentir todo aquello en medio de semejante situación.

Capítulo 26 (Derek)

—Are you saying that stupid girl is still alive?! —rugió Haruka, despertándome con su grito.

Sigilosamente, me tapé la boca con ambas manos para amortiguar el ruido de mis estornudos mientras me salía de la bañera. ¿De quién hablaba? Cuando me acerqué a la parte delantera del cuarto, junto a la cama, pude percibir que las voces eran más audibles. Vagamente me pregunté si Haruka sabría que yo podía escucharlos.

— She had an invisibility field. —informó, con voz neutra, un Majinghost masculino.

¿Ella? La mujer de la que hablaban tenía que ser Isabel, no había duda. Sonreí en silencio. Que ella estuviera viva me alegraba, mucho más de lo que podría creer. De repente, me entraron unas ganas horribles de verla, de gritarle que era una idiota, de enredar su cabello lacio y púrpura entre mis dedos... Vale, reconozco que lo último no estaba para nada bien pensarlo.

—So they're collecting things... —Haruka se oía pensativa—, she thinks they can kill us...

— They're most likely going to South Africa now. —indicó el otro—. I will send all the Majinghost to finish them off once and for all.

— I don't think it's funny that way —aunque no la veía, sabía que sonreía.

—So, what do we do?

— I'll call you if I need anything, now go.

Escuché los pasos del Majinghost al alejarse; Haruka continuaba allí, de seguro. Me quedé quieto, esperaba oír los pasos de Haruka alejándose antes de moverme, solo que no sucedió. Retuve el aliento, ¿sabría que yo me encontraba escuchando? Cuando la puerta se abrió de golpe sin que siquiera llegara a plantearme la idea de que lo haría, supe la respuesta.

—Esa tonta es más insoportable de lo que pensaba —se quejó Haruka con una amplia sonrisa sarcástica. Agradecí que no llevara puesto nada de peluche esta vez—, pero no te alegres demasiado, no vivirá por mucho tiempo.

—¿Por qué dejaste que oyera la conversación? —cuestioné simplemente.

—¿Por qué, dices? —se acercó tanto que mi espacio personal quedó reducido a unos cuantos centímetros; ella era algo más alta que yo—. Es agradable ver como alguien puede albergar un matiz de esperanza, pero es más agradable aun cuando esa esperanza, inútil y vergonzosa se esfuma como el agua entre los dedos. Me encantaría ver como la ves morir, esta vez de verdad. Será lento y doloroso para ella. Le haré entender que me perteneces, tal y como lo hice con la otra.

—No seas ridícula —vociferé, apartándome de ella—, no le pertenezco a nadie, y menos a alguien como tú.

Apreté los labios procurando no recordar demasiado a Ema, no debía verme débil ante ella.

—Eso vamos a verlo, mi amor —rio con satisfacción.

Por lo que he visto, Haruka disfruta burlarse de mí a sus anchas. Es obvio que ella no ama a nadie más que a sí misma, si es que acaso puede sentir amor. Si analizaba su comportamiento, incluso podía pensar que su corazón humano solo le brindaba sentimientos negativos, casi daba igual que lo tuviera o no.

—Tengo un plan fantástico —aquello de cogerme del cuello como si fuera a ahorcarme, parecía ser una maña suya, una que me resultaba desagradable a más no poder—, y tú haces parte de él.

—Apuesto a que será un fracaso —bufé, sonriendo con desdén.

—Hmmp, eso quisieras —cuando sus ojos chocaron con los míos, me sentí bastante extraño, casi desnudo—. Para ser sincera, tú serás mi ficha clave.

—No vas a lograr nada —siseé, procurando ignorar sus palabras—, ni siquiera me tengas en cuenta.

—Vamos a dejar que la brujita juegue a ser importante un poco más —relató, ignorándome. Enseguida, comenzó a marcharse sin dejar de sonreír con ironía—, será divertido que crea que va a ganar. Y cuando menos se lo espere...

Haruka cerró la puerta tras su sonrisa. Pude oír sus carcajadas estrepitosas haciendo eco en el exterior, era sencillamente odiosa e insoportable. La noche se hizo larga y no pude conciliar el sueño nuevamente. No sabía si la amenaza de Haruka era real o no, mas no debía dejar pasar sus palabras como si se trataran de un mal chiste.

En el silencio de la noche, su voz estruendosa y aguda no paraba de resonar en mi cerebro una y otra vez; ella era la peor pesadilla en medio de mi propio infierno.

Capítulo 27 (Isabel)

El resultado de unir el Red Eagle, el Blue Canary y el Green Falcon, fue verdaderamente sorprendente. No sabría colocarle un nombre a dicha transformación, lo que sí puedo asegurar es que es enorme, singular y sobrenatural. Tiene la capacidad de funcionar bajo el agua, rodar en tierra y volar por los cielos. Nunca fui fanática de la tecnología, pero debo admitir que, si no fuera por ella, las esperanzas de "salvar la Tierra", por decirlo de alguna manera, estarían prácticamente perdidas.

—No sé por qué no pensamos antes en fusionar los vehículos de esta forma —alegó Scott, observando las nubes con detenimiento; el sol brillaba con ferocidad.

—Eso no es raro en ti —replicó Sam, inclinando la cabeza y mirando hacia arriba con gesto lánguido—, ¿pero en mí?

Miré hacia abajo por una de las ventanillas, era cierto. Si desde el principio hubieran creado este gigante aéreo con apariencia de nave espacial, o platillo volador en su defecto, nos hubiésemos retrasado como mínimo, unos días menos. Además, tenerlo bajo el agua por tanto tiempo hizo que la energía se esfumara y perdiéramos varias horas o, quizá días, en hacer que, a la luz del sol, los tres aparatos se recargaran nuevamente.

Desde la perspectiva en la que me encuentro, se logra distinguir ampliamente los escombros; son tan colosales que da fatiga detallarlos. Aunque se ven a millas de distancia, no es complicado anticipar que son enormes. Tengo la impresión de estar observando un gran basurero.

El aire acá arriba es denso y llameante, el clima se ha transformado en un verano eterno sin ánimo de finalizar. Si el sol y el viento nos dieran directamente, lo más seguro sería que termináramos con quemaduras de primer grado como mínimo, con solo un día de insolación.

Luego de no sé cuánto tiempo, pudimos notar la siguiente parada. No digo que haya sido precisamente emocionante ver el casi cubo de granito en la lejanía pues, aún faltaba una última parada, sin embargo, sí fue algo satisfactorio.

—El Monumento al Voortrekker —explicó Xavier a mi lado en lo que yo analizaba la estructura—, los Voortrekkers fueron granjeros blancos que, cansados de la esclavitud y la discriminación de razas, realizaron emigraciones a distintos lugares. No fue una decisión fácil, por supuesto. No hace falta que diga que el monumento lo crearon en honor a ellos.

—Qué interesante —mencioné con sinceridad. La historia no se me daba bien, aun así, bastaba que alguien me hablara de ella por medio de un gran cuento para atrapar mi atención. Las anécdotas son capaces de enseñar casi cualquier cosa—. Así que es tan bueno en Historia como en Geografía.

—De cierta forma, son temas que se complementan —asintió el anciano con el rostro iluminado.

Ya estando frente al monumento, me pareció más grande y atractivo en comparación a la vista que me proporcionaba la altura; su color café tierra le daba un aire antiguo muy excitante. En la parte inferior de una estatua de una mujer con dos niños —un niño y una niña—, hallamos la frase que correspondía al siguiente estado de la materia: ***Vea el tronco al oeste, el misterio está en ofrecer luz.***

—Qué basura —refunfuñó Scott con mala cara—, detesto los acertijos, nunca tienen sentido.

—Es muy raro que no hayan venido los Majinghost aún —recalcó Kristen, torciendo los labios y acariciándose la barbilla con gesto pensativo—. ¿Habrán pensado en alguna trampa?

—Mientras aparecen, podemos ayudar a Isabel a resolver el misterio —sonrió Austin con ternura. ¿Por qué no llegaba a mi vida un chico como Austin? Todo sería tan fácil...

—Kristen tiene razón —profirió Sam, frunciendo las cejas—, algo no está bien, debemos estar atentos.

—Por ahora, sería bueno que entráramos —aconsejó el abuelo Xavier, dirigiéndose a la entrada—, atentos pero activos.

Todos lo seguimos, era claro que no debíamos perder el tiempo. Llegamos hasta una sala que, según Xavier, se llamaba la *Sala de los héroes*. Observé con interés un largo friso de figuras en bajorrelieves sobre las paredes; me daba la impresión de que la forma de los personajes contaba alguna historia. Xavier y Austin no tardaron en acompañarme a admirar el arte plasmado en aquellas ilustraciones. Siendo sincera, era difícil pensar únicamente en la misión, sabiendo que, posiblemente, no tendría la oportunidad de apreciar tanta belleza por segunda vez.

—¿Esto es mármol? —interrogó Austin, tocando las figuras con curiosidad.

—Así es —sonrió el viejo—, todas estas figuras hablan de los Voortrekkers. Es una verdadera maravilla poder ver esta preciosidad en persona.

—Imagino que ya perdieron el tiempo suficiente como para que sea el momento de tomar las cosas en serio —intervino Scott, alzando la voz para que no tuviéramos la excusa de indicar que no lo habíamos oído.

—Qué pesado —Austin rodó los ojos con cansancio.

—Pero tiene razón —dije, dirigiéndome hacia el centro del lugar.

—¿Acaso esto no es...? —Kristen dejó la pregunta inconclusa en el instante en el que todos miramos el recipiente a simple vista. Yacía por la parte derecha sobre un cenotafio. En él se leía "*Ons vir Jou, Suid-Afrika*"*.

—Espera —musité cuando Scott estaba a punto de tomar el frasco; en su interior, reposaba un líquido azulado y oscuro—. Siento que no es tan fácil como cogerlo y ya.

—Pero está ahí —repuso Scott, lanzando sobre el frasco, una mala mirada.

—Isabel tiene razón —comentó Xavier, volteando a ver a Scott quien se cruzó de brazos de mal humor. Por un instante me recordó a Derek, tenían comportamientos similares de algún modo.

—El misterio está en ofrecer luz —repetí el final de la frase en voz alta.

—¿Crees que debamos iluminar el frasco con alguna cosa? —Kristen inquirió el tarro de vidrio, o más bien, el contenido.

—¿Con qué podríamos hacer eso? —Sam se dedicó a hacer lo mismo que Kristen.

—Los vehículos poseen luz —indicó Scott, esta vez más ameno.

—No —atajó el abuelo. Todos lo observamos atentamente—. Se dice que el sol ilumina el lugar a medio día los 16 de diciembre. Si no me equivoco, hoy es precisamente esa fecha, sin mencionar que faltan un par de minutos para que sea medio día.

—¿Cómo lo sabe? —pregunté, intrigada. Aunque ya no dudaba del viejo, me sorprendía que supiera la hora. El resto de información la sabría gracias a sus conocimientos, no obstante, la hora era otra situación—. ¿Cómo sabe qué hora es?

169

—He tenido que aprender con el tiempo —Xavier se acarició suavemente la barba con nostalgia—. Con la ayuda del clima, puedo saber un par de cosas como esas. Parece difícil, pero no lo es. Créeme que mirar el sol, el color del cielo y las nubes, ayudan mucho a saber la hora.

Suspiré con asombro. Los demás no parecían estarlo, claramente, yo era la única que no sabía que algo así podría ser. Pensándolo bien, la magia y la tecnología habían llegado muy lejos. Entonces, ¿por qué alguien no iba a saber la hora por corroborar cómo se encontraba la bóveda celeste?

Minutos después, un rayo de la luz del sol comenzó a colarse desde la cúpula, iluminando el cenotafio. Ver aquel rayo de sol fue realmente emocionante, como cuando hice magia por primera vez, hace un par de meses curando a Xavier. Según me percataba, no fui la única que lo experimentó así pues, todos mirábamos la luz con atención. Parecía que de ella proviniera un poder de hipnosis que nos impidiera apartar la vista. La luz iluminó el recipiente con osadía, el líquido brilló también.

Cerré los ojos buscando la palabra del estado, aun cuando ni siquiera sabía el idioma que se hablaba en este país. La frase surgió en mi mente y respiré profundo para encontrar la palabra oculta, la que me haría dar el paso final en esta etapa de la misión. Cuando me concentré lo suficiente, ella brilló casi con la misma intensidad del rayo de sol: *__V__ea e__l__ tronco al __oe__ste, el __mist__erio está en __of__recer luz.*

—*Vloeistof*—dije lentamente, vaciando el aire que retenía en mis pulmones.

Samuel fue quien agarró el frasco. El líquido no tardaría en convertirse en el tronco de la muñeca de trapo. Kristen sacó los otros dos recipientes con las partes que poseíamos, al juntarlas, se unieron completamente hasta formar una muñeca sin cabeza. Así que solo nos hacía falta la parte superior...

Por otro lado, ¿por qué los Majinghost no habían aparecido esta vez? Era cierto, algo no andaba del todo bien.

*Nosotros por ti, Sudáfrica.

Vloeistof: **"Líquido" en afrikáans.**

Capítulo 28 (Isabel)

Últimamente he estado muy ansiosa. Nuestra parada final es en China, es allí donde yace la cabeza de la muñeca mágica que muy seguramente lo arreglará todo, sin embargo, hemos tenido complicaciones para llegar hasta ella en el menor tiempo posible. Se supone que los vehículos en esta época no suelen descomponerse con frecuencia, no obstante, no han funcionado correctamente en los últimos días; eso ha hecho que mis nervios quieran explotar.

—Es el destino —replica Xavier a cada instante, razón que solo consigue hacer que mi estrés me aprisione con más ahínco.

El destino. ¿Acaso el destino quiere que todo salga mal? Si lo pensaba bien, el destino resultaba siendo una especie de meta, no un ser que decida actuar o no. ¿Cómo podría el destino decidir algo? En la parada anterior, habíamos llegado en el momento indicado justo cuando yo pensaba que pudimos hacerlo antes. ¿Realmente existía el momento correcto? Mis pensamientos podrían llegar a ser verdaderamente insolentes y desmedidos cuando la ansiedad me dominaba. Era capaz de imaginar las ideas más descabelladas, no me gustaba sentirme así.

Los días corrían, pasaban rápido o lento, todo dependía de mi estado de humor. Si hiciera falta realizar un examen que calificara el estado de ánimo, el único que pasaría la prueba sería Xavier y, aun así, no lo haría con las mejores calificaciones. Era difícil mantener la calma y el optimismo cuando el tiempo se agotaba y Derek aún seguía en manos de los Majinghost.

Nunca fui experta en contar los días, quiero decir, lo intenté, pero no tuve éxito. Tal vez no puse el empeño necesario. Tal vez solo deseaba no saber que el día llegaba pues, eso no me ayudaría a sentir mejor en lo absoluto. Tuve horas más que suficientes para repasar mentalmente mi vida hasta el momento. ¿Había sido buena? No había sido terrible, en ocasiones debo admitir que la disfruté, de todos modos, asumía que era muy pronto para que culminara, no había hecho ni la mitad de todo lo que deseaba hacer.

—Derek se encuentra bien —profirió Scott mientras sus ojos azul oscuro, atravesaban los míos con lo que interpreté como amabilidad.

Incluso él, quien parecía haberme detestado por algunas semanas, se atrevía a decirme algo así. ¿Era yo la paranoica y desconfiada? Todos en general se mostraban serios y pensativos, de todas formas, yo era la única con los nervios hasta el tope. Cuando miré a Scott aquella vez, descubrí que él nunca me detestó, solo estaba molesto por no haber estado presente cuando su amigo desapareció. Esa era la situación, Scott quería a Derek como a un amigo. ¿Derek pensaría lo mismo respecto a Scott?

De repente, el piloto automático hizo que empezáramos a descender sobre la nada; no se veía ningún lugar en específico como sí había ocurrido con los países anteriores.

—¿Hay algún problema o simplemente este lugar no funciona como los otros? —observó Kristen, tan impactada como podíamos estar los demás.

—Quizá sea una avería del sistema —informó Xavier sin creerlo de verdad.

Al bajar del coloso volador, sentí una energía extraña en el lugar, un magnetismo fuera de lo común que no sabría cómo explicar. Todos debieron sentir lo mismo que yo, lo supe por sus rostros. La energía era pesada y negativa, de hecho, podía experimentar un eco energético casi imperceptible. Giré sobre mis talones para observar mis alrededores, solo se veían escombros en cualquier sitio en el que decidiera plasmar la mirada.

—¿Se supone que deba ser así? —cuestionó Austin, echando un vistazo con desolación.

—Xavier, ¿sabes qué ocurre? —por la expresión que tenía Sam, estaba más que claro que algo no andaba bien.

—El tiempo se nos agota y hay problemas —por la manera en la que habló el anciano, cualquiera pensaría que solo contaba un chiste, aun así, bien sabía que no era el caso.

—Los Majinghost son una verdadera mierda —resopló Scott con fastidio—. ¡Jodidos hijos de puta!

—Cálmate Scott —ordenó Xavier suavemente, entrecerrando los ojos—, ese comportamiento infantil no servirá de nada, sería bueno que colocaras en funcionamiento ese cerebro tuyo de vez en cuando.

Scott abrió la boca un poco ofendido, pero no dijo nada. Una vez más, percibí mi alrededor con desánimo. Caminé sobre las piedras en lo que estas crujían ligeramente bajo mis pies. Debía hallar alguna pista, cualquier cosa que me fuera de utilidad. No noté en qué momento me alejé de ellos, solo me encaminé hacia la búsqueda de un posible rastro que me ayudara a salir de la encrucijada. De pronto los perdí de vista, mas no fue algo que me importara demasiado. Tras unos minutos de caminata, llegué hasta lo que se veía como una casa semi destruida; había alguien de pie a lo lejos. Di unos pasos en su dirección y, como respuesta, la figura volteó por una esquina.

—¡Espera! —grité, corriendo a su encuentro.

Al voltear en la misma esquina en donde la figura lo había hecho, pude ver al sujeto lo suficientemente cerca como para reconocer de quién se trataba. ¡Era Derek! Con una amplia sonrisa de felicidad plantada en mi faz, corrí hasta él para abrazarlo, sin embargo, antes de conseguir hacerlo, él me otorgó una bofetada dolorosa que me hizo trastabillar. El ardor me escoció la mejilla en lo que yo me limitaba a asimilar la situación.

—¡Eres un imbécil! —chillé, indignada y enfadada al mismo tiempo. Al menos podría haberme correspondido como un acto de cortesía.

Si me oyó, no lo demostró. Su mirada se mostraba perdida, su rostro era una máscara inanimada. ¿Estaría actuando? No, Derek no era de ese tipo. Fruncí el ceño, confundida, no comprendía lo que pasaba. Posiblemente nos quedamos quietos algunos minutos antes de que Derek corriera hacia mí y, no precisamente para abrazarme. En cuanto supe que iba a golpearme de nuevo, lo esquivé casi por suerte.

No había terminado de esquivarlo cuando se lanzó sobre mí en un segundo intento; esta vez, logró arañarme la cara en un roce inevitable. Su mano se convirtió en acero para un tercer ataque. Aterrada y casi por instinto, despojé una concentrada mezcla de energía oscura desde las palmas de mis manos y la arrojé en su contra; una pequeña explosión se formó al chocar con su cuerpo.

—¡Detente Derek, no quiero lastimarte! —mi voz surgió casi como un lamento.

Ignorando mi súplica, Derek voló sobre mí, golpeándome fuerte con su mano metálica. Sin siquiera dejarme un segundo de recuperación, Derek me lanzó por los aires con gran fuerza. Mi espalda terminó chocando contra un muro que anteriormente había pertenecido a alguna construcción. El dolor intenso me recorrió todo el cuerpo, no podía creer lo que estaba pasando.

—¡Isabel! —la voz de Kristen resonó en mis oídos desde algún lugar—. ¡Aléjate de él, está bajo la hipnosis de los Majinghost!

"*Hipnosis de los Majinghost*", repetí mentalmente a la vez que me esforzaba por aclararme la vista. ¿No se suponía que los Majinghost no podían hipnotizar a Derek?... Bueno, no uno, pero tal vez entre unos cuantos... Tuve los segundos precisos para escapar de otro de sus golpes, realmente quería matarme.

—No te preocupes —jadeé cansada, detallando a mí atacante; procuraba esquivarlo sin hacerle daño—. ¡Voy a hacer que despiertes!

Con el gesto inexpresivo, Derek arremetió sobre mí una vez más. Con lágrimas en los ojos, extendí los brazos hacia afuera de manera horizontal. Luego, en un movimiento rápido y seco, llevé los brazos hacia el frente en un aplauso grave y cavernoso. De inmediato se produjo una onda sonora lo suficientemente fuerte como para detenerlo, haciéndolo caer sobre la tierra. Derek quedó arrodillado sobre el suelo, de sus oídos corrieron hilillos de sangre que le bajaron por el cuello.

Él estaba muy débil, cualquiera podría captarlo. Corrí hasta él y, arrodillándome a su lado, lo abracé; ni siquiera hizo el esfuerzo por alejarme de él, pude sentir que temblaba un poco.

—Derek, tienes que escucharme —gemí, abrazándolo con fuerza—. Tú eres mejor que ellos.

—Isabel —¿Escuché bien, me llamó por mi nombre? Por el tono de su voz, supe que Derek hacía un gran esfuerzo para hablar—, debes alejarte de mí, no quiero hacerte daño.

Capítulo 29 (Derek)

El cuerpo me ardía con intensidad, Isabel era muy poderosa, más de lo que pensaba. Evidentemente, no todo se lo podía atribuir a ella pues, los Majinghost apenas si me habían dejado sangre para poder pararme. A decir verdad, si no fuera por la hipnosis que los Majinghost ejercían sobre mí, ya me habría desmayado; la orden de matar a Isabel era lo único que me mantenía consciente.

Haruka optó por no esperar mi recuperación completa, así que, de a pocos, fue sacándome sangre diariamente para evitar que me muriera o la sangre no alcanzara si me desangraba de una sola estocada. Mi sangre débil no sería tan poderosa, pero ella era astuta. Supuso que, si esperaba demasiado, podría ser tarde después.

—Vete —le dije a Isabel una vez más con dificultad.

Hablar a mi voluntad era muy complicado en mi estado, tanto como haber tenido que soportar el odioso peluche por casi un mes. Mi cuerpo no hacía el menor esfuerzo por quitarse a Isabel de encima, sin embargo, bien sabía que solo estaba esperando ganar las fuerzas suficientes para atacarla; casi podía sentir el impulso proviniendo desde mi interior. Isabel me miró, mis ojos se hallaban pesados y me era difícil mirarla de vuelta a gusto propio. Percibí que el color de su iris se aclaró levemente debido a un par de gotas de agua que no tardarían en rodar por sus mejillas. Aquello fue doloroso para mí también; aunque me esforcé por hacer algún gesto con la cara, no lo conseguí.

—No voy a dejarte —gimió ella, acariciando mi mejilla derecha.

A lo lejos, escuché ruidos de enfrentamientos recientes; no podían ser otros que los Majinghost y aquellas personas a las que yo consideraba mi familia. Isabel también lo notó porque, en seguida, rodó la vista en una diagonal detrás de mí. En ese momento, mi cuerpo se lanzó sobre ella impulsivamente mientras la orden palpitaba en mi cerebro una y otra vez. Sentí que mis dedos transmutados en grafeno se introducían en la piel de Isabel cerca de su corazón. El movimiento fue tan repentino que ella escasamente tuvo el tiempo suficiente para gritar e impedir que mis dedos se introdujeran un poco más. Quería impedirlo, quería ayudarla... No era tan sencillo como quería creerlo. Isabel sujetó mi muñeca haciendo fuerza hacia el exterior en lo que yo usaba la misma fuerza para incrustar más los dedos y, seguramente, atravesar su corazón.

Tras un forcejeo aterrador para los dos, Isabel logró empujarme lo necesario para evitar que mis dedos continuaran desgarrándole la piel; muy seguramente, el dolor que tuvo que soportar había sido horroroso. Su sangre resbalaba por mis dedos hasta caer a tierra, era caliente, pero empezaba a enfriarse.

El estruendo de la batalla persistía atrás de mí. Se supone que yo debería estar ayudando a mis amigos, pero en cambio, insistía en hacerle daño a Isabel. Era deprimente y devastador no conseguir actuar conforme a mi propósito personal.

Isabel y yo continuamos desarrollando una pelea constante cuerpo a cuerpo. Para ser más exacto, yo me dedicaba a procurar asestarle golpes a la vez que ella me esquivaba o me hacía el menor daño posible. De su pecho, la sangre manaba considerablemente. Sinceramente, esperaba que no fuera una herida muy grave. ¿En qué instante me había convertido en una carga, en un problema? De repente, imaginé que lo mejor habría sido morir en manos de Haruka.

—Tú matarás a Isabel con tus propias manos —rio Haruka con estrépito, su cuerpo vibraba al compás de su risa—. Al menos debería agradecer que serás lo último que verá antes de morir, al menos voy a concederle ese placer. Para ella será suficiente, los humanos pueden llegar a ser muy conformistas. Yo por mi parte, te quiero todo para mí.

No supe qué decir. Pensé que me atrevería a intentar escapar una vez más pues, no iba a permitir que los Majinghost me volvieran su títere para dañar a Isabel. Debí intentarlo antes, cuando quizás existió la posibilidad. Ese mismo día, Haruka me robó una buena parte de mi sangre, la suficiente como para que no consiguiera ni pararme; claramente, el peluche le facilitó considerablemente las cosas.

Mientras el tiempo transcurría, sabía que este día llegaría, sabía que Isabel sufriría por mi causa, y lo peor, yo no podría evitarlo. Me veía patético, ni siquiera tenía la energía necesaria para quitarme la vida. ¿Era tan inútil? Eso era obvio. No obstante, podía ser que no resultara, Isabel era una maga de nacimiento, por ende, podría llegar a ser más poderosa que yo. Los papeles cambiarían, ella podría matarme y su rostro sería lo último que yo vería antes de morir. El simple hecho de pensarlo era estúpido, con lo mucho y poco que conocía a Isabel, sabía que ella no querría herirme y haría lo posible para evitarlo. ¿Por qué? Sencillo, porque así era Isabel Rivero.

—Ya me cansé de este juego —vociferó Isabel, esquivando mis golpes. Ambos estábamos cansados y jadeando—. ¡Voy a hacer que reacciones!

No sé de dónde Isabel sacaría nuevas fuerzas o, tal vez, no estaba usando todo su poder para no lastimarme. Sin que yo lo adivinara, dejó velozmente de ser atacada para convertirse en la atacante. Me dio un gran empujón estremecedor que no me hizo perder el equilibrio de milagro. En seguida, corrió hacia mí y me dio una bofetada que me nubló la visión por un instante. Lo siguiente que logré ver fue a Isabel sobre mí. ¿En qué momento habíamos aterrizado sobre el suelo?

Las fuerzas me flaquearon mientras Isabel me apresaba las muñecas con las suyas sobre la tierra, su mirada se separaba de la mía por unos escasos centímetros. Lo próximo que sentí fueron sus labios sobre los míos. ¿Me estaba besando? La sensación era cálida y acogedora, cerré los ojos y entreabrí la boca para corresponder su beso...

¿Podía corresponderla? Así fue, pude hacerlo, en ese momento se me hizo extrañamente fácil bloquear mi mente ante los Majinghost. A pesar del dolor que recorría cada partícula de mi cuerpo, el placer al besarla era innegable. La besé tanto como las fuerzas me lo permitieron, la besé hasta que simplemente perdí el conocimiento.

Capítulo 30 (Isabel)

—¡Isabel! —solo hasta que oí el grito de Xavier, caí en cuenta de que los Majinghost continuaban atacando.

Observé a Derek quien yacía inconsciente en el suelo. Supuse que no tendría por qué sucederle nada malo desde que nos encargáramos de los Majinghost. Aún con una sonrisa de felicidad pura plasmada en mi rostro, me aventuré a ayudar a los demás. No era un buen momento, estábamos al límite de tiempo y sin terminar la misión, pero... ¡Besé a Derek, y él me correspondió! No me cambiaría por nadie, ni siquiera si mi destino fuera morir a causa de los Majinghost... Moriría feliz.

El ardor en el pecho no tardó en regresar, casi lo había olvidado por la emoción. Me detuve un instante a curarme la herida, lo cual me robaría un poco de energía. Era cierto que con Derek me había esforzado bastante para no lastimarlo, de todas maneras, los Majinghost eran otra historia, con ellos no iba a tener la más mínima piedad.

Cuando llegué hasta donde se encontraban los demás, los hallé tremendamente golpeados; los Majinghost, por el contrario, parecían intactos, agitados a lo mucho.

—Es imposible derrotarlos —jadeó Kristen con los rizos hechos una maraña y un brazo herido—, ellos tienen la sangre de Derek, no hay forma de derrotarlos. Matarlos es un verdadero desafío.

—Mi novia no diría esas palabras tan cobardes —murmuró Sam con el rostro inexpresivo, la sangre y la suciedad que lo cubrían hacían que sus ojos se vieran más claros de lo que eran realmente.

—¡No soy cobarde! —chilló Kristen, enojada—. Solo razono, cosa que, a los hombres, a veces les cuesta.

No faltaría mucho para que los Majinghost se lanzaran sobre ellos nuevamente, culminando la conversación. Planeé unirme a ellos, pero algo me haló del brazo, impidiéndomelo. Al darme la vuelta, la vi, sus ojos azul cristal me miraban con un odio descomunal. Sonreí socarrona, era bien correspondida.

—Me temía que Derek no pudiera matarte —su español era tan exacto que parecía nativo. ¿Desde cuándo había aprendido a hablarlo? —, es una lástima. Da igual, te mataré tan dolorosamente que te vas a arrepentir de haber intentado quitármelo. Preferirás haber muerto por su mano.

—Eso lo veremos —la reté—. En cuanto a Derek, él es libre. Nunca te elegiría, no lo haría aunque fueras su única opción. Solo eres un montón de chatarra y piel artificial, yo en cambio, sí soy una mujer de verdad.

Mi comentario pareció tener en ella el efecto que esperaba. Visiblemente molesta, usó la telequinesis para arrojarme una montaña de escombros encima. Lo que ella no previó es que yo también poseía telequinesis, por lo que hice que el conjunto de piedras y demás, se detuvieran en el aire antes de llegar a mí. Nuestras mentes batallaron para comprobar quién de las dos era la mejor; la montaña de basura terminó cayendo entre ambas, obstaculizando el camino. De su brazo metálico, Haruka disparó un misil en mi dirección, objeto que hice explotar a mitad de su recorrido. A través del humo, la rubia se lanzó sobre mí y me tomó del cuello; sus manos se transmutaron en un metal mohoso que rasguñó mi piel, provocando un dolor extenuante.

Agarrándola por las muñecas, presioné con bastante fuerza hasta conseguir quitarle las manos con un solo movimiento. Paso seguido, me la zafé de encima, empujándola con las piernas.

—Después de todo, la brujita tiene agallas —de una de sus manos chorreaba sangre, y de la otra, una especie de aceite amoratado.

Respiré profundo para no desconcentrarme. De antemano sabía que sus manos saldrían nuevamente a causa de la sangre de Derek. Anteriormente, Xavier me había explicado que los Majinghost querían su sangre por ese mismo motivo.

—Sé que deseas matarme con dolor —dije, pasándome las manos por la nuca—. Te anuncio que vas a necesitar esforzarte un poco más.

De pronto, vi que mis manos se aproximaban a mis ojos involuntariamente, como si fuera a sacarlos de mis órbitas yo misma. ¿La muy desgraciada usaba hipnosis sobre mí? Por supuesto, yo era la única que no poseía el escudo de Austin. Al principio, me estresé con la idea de que fueran mis propios dedos los que me dejaran ciega, no obstante, caería en su trampa de ese modo. Contrario a ello, respiré profundo una vez más para tranquilizarme en lo que intentaba alejar mis manos de mi rostro. El movimiento se hizo más lento, aunque la ascensión continuaba. No me afané, si lo hacía, solo conseguiría que Haruka lograra su objetivo. Continué con mi proceso de relajación hasta que mis manos comenzaron a obedecerme.

—¿Cómo pudiste...? —Haruka dejó la pregunta inconclusa. De todos modos, ambas sabíamos lo que seguía.

Podría haberme quedado a charlar con ella, pero preferí seguir con la batalla. Mirándola fijamente, me concentré en mi siguiente ataque. Tomé aire y observé el cuerpo de la Majinghost con la idea de hacer que flotara. Lentamente, su cuerpo comenzó a elevarse en el aire mientras su gesto no denotaba otra cosa que confusión. Pataleaba en lo alto, cual cerdo previo a su deceso, mas no conseguía caer de nuevo al suelo. Levanté los brazos para impedir que cayera. Al tener la capacidad de manipular mi aura por medio de los ojos y las yemas de los dedos, levanté los brazos para reafirmar mi poder; no iba a confiarme. El color que emitía mi energía en ese momento, era de un morado brillante, aunque oscuro.

—Mi telequinesis no se limita únicamente en los objetos —sonreí complacida, parecía que mis sentimientos negativos me dominaban en gran manera—, es más minuciosa. Podría hacerte explotar sin necesidad de usar hipnosis sobre ti. Bastaría con hacer que cada parte interna tuya tome un rumbo distinto.

—Si me matas, no lograrás nada —no se veía temerosa, pero yo sabía que lo estaba. Después de todo era muy lista—. Tengo la cabeza de la muñeca.

—¿Dónde? —pregunté con precaución. No debía dejarme embaucar por ella, aun así, debía saber si era cierto lo que decía.

—¿Y crees que voy a decirte? Confórmate con saber que la hallé en el Gran Buda de Ling Shan. Se encontraba en estado sólido y solo podía hallarse gracias a un estúpido acertijo. Debía decirse el nombre del estado en voz alta y en el idioma correspondiente. ¿No es así? Si me matas, jamás sabrás donde se encuentra esa cabeza.

De mala gana, la dejé caer sobre el suelo, su sonrisa triunfante no tardó en aparecer. Como acto preventivo, manipulé un gran trozo de piedra y golpeándola en la sien, la dejé inconsciente, muy seguramente no se lo esperaba. Con premura, me dirigí hasta donde se hallaban los otros; Austin se encargaba de proteger al anciano mientras los demás peleaban contra los Majinghost.

—Austin —repliqué, acercándome al menor de los Bennett—, ¿puedes crear un campo lo suficientemente fuerte como para encerrar a los Majinghost?

—Tal vez —musitó él con voz cansada—, pero tendría que retirar el escudo protector de todos, sin mencionar que solo duraría unos minutos.

—Está bien, hazlo. —dije más como una orden.

Austin no parecía estar convencido del todo, no obstante, no hizo preguntas y obedeció. Todos los Majinghost, quienes por cierto eran demasiados, quedaron encerrados en un campo grisáceo que les impedía salir.

Sin perder tiempo e ignorando las miradas de Scott y Sam, me dirigí hacia el campo magnético que había sentido en cuanto llegamos. Al principio, asumí que se extendía por todo el lugar, mas luego descubrí que solo era en un punto específico. Algo me decía que allí se hallaba la estatua de Buda, no estaba completamente segura, pero decidí arriesgarme. Tendría que estar oculta, el piloto automático no podría haberse equivocado.

Usando mi máximo nivel de concentración, extendí las manos hacia el frente y empecé a absorber la energía por medio de las yemas de mis dedos. Aquella labor me agotó mucho más de lo que tenía planeado.

Tal y como pensaba, el aura oscura comenzó a desaparecer lentamente, dejando al descubierto la estatua de Buda. La cabeza de la muñeca se hallaba dentro del frasco a los pies de la estatua.

—¡No permitiré que la tengas! —la voz de Haruka resonó en el aire. ¿Tan pronto había despertado?

La vi corriendo hacia mí, entonces, algo se atravesó en su camino... ¡¿Derek?! Con esfuerzo, Haruka levantó su brazo robótico a la vez que sus ojos centelleaban. El aire vibró y un extraño portal apareció repentinamente. Por medio de la telequinesis, la Majinghost hizo que la cabeza penetrara en el portal.

—¡¡No!! —grité, corriendo hasta el portal.

—¡Isabel! —Derek corrió hacia mí, sé que intentaba que yo no penetrara el portal.

No pude pensar con claridad, ni siquiera me lo planteé. Mi impulso errático fue más fuerte que cualquier pensamiento congruente. Poseída por el pánico, me lancé hacia el portal, atravesándolo. Escuché gritos atrás de mí, provenían de Derek y los demás. Todos ellos se fueron esfumando a la vez que mi alrededor se convertía en una masa cósmica. Mi cerebro consiente no tardaría en hacer lo mismo no mucho tiempo después.

Capítulo 31 (Isabel)

La frialdad del suelo rozando mi rostro me trajo de nuevo en sí. Empecé a abrir los ojos lentamente, los sentía pesados. Me incorporé como pude, la oscuridad del sitio no me permitía identificar en dónde me encontraba. La cabeza me dio vueltas y gemí por impulso. Cuando conseguí estabilizar mis pies sobre el piso y ganar equilibrio, me eché a andar con sigilo. La oscuridad se fue atenuando lentamente hasta que fue tarea fácil distinguir las sombras de los objetos. Mientras caminaba, recordé lo último que había hecho; lanzarme por una especie de portal que creó Haruka para ir tras la cabeza de la muñeca. Solo hasta entonces, supe lo tonta que fui al no acabar con ella cuando tuve la oportunidad.

Miré el suelo a mi alrededor, o al menos lo que se podía ver de él por medio de la oscuridad. Era difícil mantenerme en pie con tan poca iluminación, por lo que preferí agacharme y comenzar a gatear para poder inspeccionar mejor el lugar. El suelo de seguro era una mezcla de cemento y anilina para pisos, lo noté por la suavidad característica al pasar los dedos. Hice esa labor por unos minutos más hasta que escuché un ruido cercano. Volví a pararme, esta vez más rápido. Me quedé quieta, a la defensiva, a la espera. Desde lo alto, un foco de luz blanquecina se encendió de pronto. Resoplé al verla, era Haruka delante de mí.

—Eres una tramposa —arqueó una ceja, despectivamente—, voy a tener que destruirte de una buena vez.

—¿Qué sucedió con los demás? —interrogué, ignorando su comentario. Me paré tan erguida como pude, debía verme segura.

—Siguen en el mismo sitio —contestó, jugueteando con un mechón de cabello—, somos nosotras las que nos hemos alejado. Poco después de que entraras en el portal, yo hice lo mismo y, en seguida lo cerré. Claro que pueden encontrarnos, aún estamos en China, pero les llevará un tiempo hacerlo, el suficiente según creo, para encargarme de ti. Te haré pedazos, lo juro.

—¿Y si soy yo quien se encarga de ti? —no sé si me veía débil o incluso ridícula actuando así, solo procuraba parecer fuerte. Además, era yo quien parecía tener la ventaja anteriormente, ¿verdad?

Haruka no dijo nada, solo sonrió con gesto burlón. Fue en ese instante, mientras el silencio nos abrazaba quedamente, que vi el lugar... ¡Era la fábrica, la misma en la que yo solía soñar con mi papá! Para ser honesta, había olvidado casi por completo cuando mi padre mencionó que pronto sabría de este sitio. Ver los estantes atestados de frascos de vidrio con variedad de líquidos, la maquinaria, las mesas, los cajones, la chatarrería... ver todo ello en persona me daba escalofríos.

—¿Qué es este lugar? —cuestioné, intrigada.

—No hay mucho que decir sobre él, excepto una cosa —sus ojos azules me miraron con desprecio infinito—: será tu tumba. Aquí yacerás pudriéndote.

Llegando rápidamente hasta mí, Haruka me otorgó una patada en dirección a la cabeza; la atajé colocando los brazos en cruz delante de mí. Empujé los brazos hacia adelante para liberarme de su pie y dando un pequeño giro, lancé una patada baja hacia sus tobillos. Ella perdió fugazmente el equilibrio, mas no tardó en recuperarlo, dándome a su vez, un puñetazo que amortigüé con la palma de mi mano. Con el otro brazo, el cual resultó ser el mecánico, me apuntó para disparar una granada; por suerte logré desviar la dirección de su ataque antes de que este impactara contra mí.

—Eres una verdadera molestia —resopló la rubia de mal humor—. No pienso jugar más tiempo contigo. ¡Voy a destruirte justo ahora!

—¿Y piensas que voy a dejarte? —la voz de Derek nos sorprendió a las dos.

Pronto, nos dimos cuenta de que Derek no era el único, también estaban el abuelo Xavier y los demás chicos, además de los Majinghost.

—Acabaremos con ellos inmediatamente —repuso uno de los Majinghost que se hallaba en el tumulto. Vaya, ahora todos los Majinghost hablaban español con tanta facilidad...

—Sí —asintió Haruka con autoridad—, eso harán, pero no de la manera que creen. Se van a encargar de que este problemita se acabe de una buena vez y para siempre. ¿Cómo? Eso es muy simple. ¡Vamos a destruir este planeta asqueroso e insignificante!

Haruka se echó a reír como una demente. Me quedé paralizada, no asimilaba sus palabras, no creía que fueran ciertas. ¿Destruir el planeta? ¿Los Majinghost eran capaces de tal cosa? No, tenía que ser una broma, una muy estúpida, por cierto. Los demás Majinghost rieron también, aunque más calmados. Al parecer sí era posible.

—Isabel —dijo Derek, llamando mi atención. Tras lanzarme el cuerpo de la muñeca, añadió—. Busca la cabeza de la muñeca y pide el deseo, ¡rápido! Nosotros nos encargaremos de entretenerlos.

Apenas si pude afirmar con la cabeza. En cuanto vi que los Majinghost querían atacarme, salí corriendo de allí; los demás procurarían ocuparlos tanto como les fuera posible. Así que eso de llamarme por mi nombre no había terminado. Sonreí como una tonta antes de centrarme en lo que realmente importaba ahora.

Algo o alguien me tomó del hombro. Con cautela, volteé a ver para descubrir de qué se trataba. Era Xavier. Suspiré aliviada, él tampoco debía correr riesgos y, cómo dato positivo, podría ayudarme a buscar la cabeza.

Con la mirada repasamos el lugar a la vez que conservábamos una caminata rápida; nada parecía cambiar, el mismo repertorio de objetos se repetía una y otra vez. El lugar era enorme y amplio, sería todo un reto hallar la parte faltante de la muñeca.

—¿Por qué no aparecí en el mismo sitio que la cabeza? —fue lo único que se me ocurrió preguntar, aunque sinceramente, aquello realmente me causaba curiosidad.

—Los portales son un verdadero desorden —explicó el viejo—, parece que solo asimilan la dirección del lugar al que son asignados y poco saben que sería útil que todo aterrizara en el mismo lado.

—Ya veo —mis nervios aumentaban cada vez más—. ¿Los Majinghost son expertos en crear portales?

—Sí, pero solo portales equilibrados, es decir, hacia cualquier parte del mundo desde que sea la misma época.

—¿Quiere decir que existen portales que pueden transportarnos a distintas épocas?

—Por supuesto —Xavier me observó ligeramente sorprendido. Al parecer, supuso que yo había pensado en aquello con anterioridad—, por uno de esos portales llegaste hasta aquí. Ese tipo de portales son muy inusuales, no se crean tan fácilmente.

El suelo empezó a temblar sin previo aviso. Las paredes se cuartearon y todo comenzó a caer al piso estrepitosamente, daba la sensación de estar experimentando una catástrofe. Xavier y yo intercambiamos miradas. ¡Estaban destruyendo el planeta! Le aconsejé al anciano que se refugiara en alguna parte en lo que yo continuaba con la búsqueda de la cabeza de la muñeca. Siquiera supe el tiempo que me llevó hacerlo, busqué con impotencia por cada rincón, cada mesa de pie, cada centímetro. No era una tarea sencilla pues, a la vez, evitaba ser golpeada por algún objeto o pared que se atreviera a caerme encima.

Lancé un grito de desesperación y, fue entonces que la vi; la cabeza reposaba bajo una mesa metálica al lado de una llanta desinflada. La cogí de prisa y tras sacarla del frasco, la coloqué sobre el cuerpo; se fusionaron instantáneamente, como imanes. La pila de rocas cayó de *sopetón*, el techo se abrió y la parte frente a mí se derrumbó hasta que pude ver el exterior. Desde donde estaba, vi como la tierra se abría impresionantemente, los agujeros se ensanchaban sin tregua y el atardecer del cielo era lo más apocalíptico que había visto en toda mi existencia.

Miré la muñeca que descansaba entre mis manos temblorosas... y ahora, ¿qué debía desear?

Capítulo 32 (Derek)

Cuando Isabel se introdujo dentro del portal para ir tras la cabeza de una muñeca de trapo, Haruka no tardó en perseguirla, cerrando la puerta dimensional a su paso.

—¡Síganme! —les grité a los chicos y al abuelo—. Creo que sé a dónde se dirigen.

Existen dos tipos de hipnosis, una en la que no se es consciente y otra en la que sí. En cualquiera de las dos se puede conseguir que la víctima haga lo que se le ordena, sin embargo, el hecho de impedir que la persona se entere de la situación, puede llegar a ser una hipnosis más complicada de lograr. Los Majinghost consiguieron hipnotizarme, podría jurar que fueron al menos unos 30 para que funcionara, de todos modos, no pudieron evitar que yo estuviera consciente a cada instante. Imaginé que podrían haberme hecho perder la consciencia con algún golpe fuerte o suministrándome una sobredosis de melatonina, pero al parecer no lo quisieron así o simplemente no se les ocurrió. Gracias a ello, fácilmente sabría cómo llegar hasta el lugar en el que estuve todo este tiempo, junto a los Majinghost.

El escudo que creó Austin se deshizo en breve y los Majinghost no tardaron en empezar a seguirnos. Corrimos a la velocidad que nuestro cuerpo nos lo permitía; Samuel con el abuelo sobre la espalda. El recorrido no tardaría en volverse desagradable pues, las explosiones causadas por la infinidad de balas y proyectiles que nos lanzaban los Majinghost, no se hicieron esperar.

—Hasta que por fin te cansaste de jugar con los Majinghost —sonrió Scott, mirándome mientras continuábamos corriendo y esquivando los ataques que nos llovían desde atrás.

—No son divertidos en lo absoluto —le sonreí de vuelta—, pero al menos pude liberarme de tu horrorosa presencia.

Siendo sincero conmigo mismo, los había extrañado mucho a todos, no hubo momento en el que no los recordara. Al cretino de Samuel y su cara de revólver; es difícil adivinar si algo le molesta o simplemente le da igual. A Austin con su ingenuidad desesperante y cortesía infinita. A Kristen y sus impulsos impredecibles por hacer tonterías, en especial cuando se deja llevar por el corazón. Al abuelo con su gran sabiduría y su interminable calma. A Scott con su odiosa sonrisa ancha; él sería capaz de tirarse al vacío por mí antes que cualquiera y, al parecer, yo también por él. Y a Isabel con su terquedad y cosa extraña que la hacía tan singular, tan necesaria; imaginé que aquello se debía a que venía de una época muy distinta a la mía.

—Coge esto —replicó Kristen, entregándome el cuerpo de una muñeca de trapo sin cabeza—, será mejor que tú la tengas.

—¿Qué es esto? —pregunté, mirando la muñeca con extrañeza.

De la manera más directa posible, Kristen me explicó que, al tener la muñeca de trapo totalmente armada, esta concedería un deseo. Me enojaría de buena gana si las circunstancias lo permitieran, era el colmo que no lo hubieran comentado desde el principio. La forma en la que la obtuvieron no la entendí muy bien, pero ya habría tiempo para ello después.

No supe cuántos minutos se esfumaron antes de que pudiéramos arribar en la fábrica o lo que sea que fuese aquel sitio. Lo positivo de la situación, era que Isabel ya no era una chica a la que había que proteger, ahora ella parecía defenderse muy bien sola. En cuanto nos adentramos en aquella basta construcción, los Majinghost dejaron de atacarnos, o más bien, los perdimos de vista momentáneamente. Recorrimos cierta cantidad de metros hasta llegar al sitio exacto en el que se encontraban Isabel y Haruka.

—Eres una verdadera molestia —le estaba diciendo Haruka a Isabel—. No pienso jugar más tiempo contigo. ¡Voy a destruirte justo ahora!

—¿Y piensas que voy a dejarte? —pregunté para llamar su atención.

Ambas voltearon a verme, sorprendidas. Evité ver a Isabel con demasiada atención, aunque, a decir verdad, moría de ganas por hacerlo. Estando bajo la hipnosis de los Majinghost no conseguí hacerlo a mí voluntad, descontando que no era precisamente el momento indicado para pensar en trivialidades como esas.

—Acabaremos con ellos inmediatamente —vociferó un Majinghost atrás de mí; ahora todas esas bazofias poseían una conexión conmigo y lo que sabía. No entendía como todos querían ganar puntos con Haruka cuando bien podrían deshacerse de ella, solo vivía para ordenar.

—Sí —asintió ella, deslizando la mirada sobre todos con superioridad—, eso harán, pero no de la manera que creen. Se van a encargar de que este problemita se acabe de una buena vez y para siempre. ¿Cómo? Eso es muy simple. ¡Vamos a destruir este planeta asqueroso e insignificante!

—Isabel —dije para llamar su atención en lo que Haruka reía como una retrasada. Yo solo deseaba poder callarle la boca, ojalá para siempre. Arrojándole el cuerpo de la muñeca a mi compañera, proseguí—. Busca la cabeza de la muñeca y pide el deseo, ¡rápido! Nosotros nos encargaremos de entretenerlos.

Ella pareció dudarlo un poco, mas se echó a correr instantáneamente cuando los Majinghost quisieron seguirla. Entre los Bennett, Kristen y yo, evitamos que lo hicieran. Con un gesto de la mano, le pedí al abuelo que siguiera a Isabel, no quería que corriera peligro, ni siquiera después de saber que, gracias a él, los Majinghost me habían atrapado.

Por medio de ataques rápidos y simples, entretuvimos a los Majinghost un rato, un lapso de tiempo que podría verse como insuficiente. Lo hacíamos lo mejor que podíamos, nuestra energía no nos permitía usar con éxito nuestros poderes mágicos y mucho menos dar una pelea a muerte.

—¡Es suficiente! —rugió uno de los Majinghost exasperado, era evidente que no jugarían con nosotros por mucho tiempo—. ¡Destruyamos este planeta miserable cuanto antes!

Todos asintieron con vehemencia antes de empezar a bombardear el lugar con la ayuda de sus partes mecánicas. Abrí los ojos con pánico. ¿Realmente iban a destruir el planeta? Se mostraban tan feroces que era impensable poder detenerlos. El corazón me latió de prisa, mi mirada chocó con la de Haruka quien me observaba con ingenuidad fingida. *"Yo gano"*, era todo lo que decía con ese gesto.

El bombardeo era impresionante, el suelo vibró y todo comenzó a caerse velozmente a través de una neblina de polvo. El techo se abrió y el sol se dejó percibir en su huida tras el horizonte. Cerré los ojos con cansancio. Así que este era el final… Por lo que veía, no había nada más que pudiera hacerse. Suspiré, fue entonces cuando sentí que algo me jalaba, una fuerza extraña. Quise aferrarme a algo, cualquier cosa… no pude hacerlo. Me sentí flotando en la nada, era un lugar oscuro, ni siquiera podría decir que fuese el exterior. Pensé en el cielo, era rojizo, no negro como las tinieblas que me tragaban con tanto furor. Una sombra espesa me nubló la vista, luego no tanto, de repente el negro profundo lucía estrellado. Después no hubo nada, perdí la consciencia en aquel mar de oscuridad.

Capítulo 33 (Isabel)

"*¿Qué deseo? ¿qué deseo?*" pensé repetidamente con la muñeca entre mis manos. El aliento me faltaba, los nervios me invadían y me nublaban el pensamiento. El ruido creció, el desastre no cesaba, por el contrario, aumentaba. Noté que, a lo lejos, los Majinghost empezaban a hacerse presentes frente a mis ojos; sus partes mecánicas destruían todo a su paso sin contemplaciones. Ahogué un grito frente a esa situación, era difícil creer que todo se encontraba tan mal. Mis piernas temblaban como la gelatina, todo de mí lo hacía, no obstante, busqué la manera de calmarme y así hallar una solución.

En cuanto los Majinghost se percataron de mi presencia, no dudaron en dirigirse hacia mí en lo que todo el lugar se estremecía con avidez. Oprimí la muñeca de trapo entre mis manos a la vez que cerraba los ojos con fuerza. Respiré profundo, retuve el aire en mis pulmones y antes de que pudiera decir cualquier cosa, escuché el grito de un Majinghost.

—¡No puedes desear segundas oportunidades! —fue lo que dijo.

Aquello me hizo abrir los ojos en seguida para enfrentar la situación. Tres segundos después, me hallaba flotando en la nada cósmica. Al observar mis manos, pude percibir que la muñeca brillaba con una luz fucsia y, al poco tiempo después, se deshacía entre mis dedos dejando en el aire, un polvillo del mismo color de su luz. "*¡No te vayas!*" grité en un pensamiento "*¡Aún no he pedido mi deseo!*". Nadando sobre aquella masa negra, tanteé agarrar lo que quedaba de ella, impedir que se fuera... El polvillo solo desapareció sin dejar rastro de su existencia.

No supe por cuánto tiempo estuve volando, la experiencia se sentía bastante similar a la anterior, aquella en la que el gato de porcelana me trasladó al encuentro con mi padre. Sin embargo, algo era diferente. ¿Qué estaba ocurriendo y por qué? Me pregunté si alguien más habría pedido un deseo antes de que yo lo hiciera, aquello sonaba tanto razonable como ilógico.

Aquel lapso me pareció interminable, vivirlo era casi como presenciar la misma eternidad, la sensación era realmente extraña y difícil de explicar.

Cuando abrí los ojos, me vi recostada sobre el suelo de una estación del Transmilenio. Me incorporé con agilidad, observando el panorama; era de noche. Las pocas personas que aún caminaban por ahí me detallaban de manera extraña y reprobatoria. Analicé el sitio con mayor detenimiento, era la estación del sur, en San Mateo, algo lejos de mi residencia, aunque no demasiado. Sacudiéndome la ropa —era un verdadero andrajo, ahora entendía las miradas acusadoras de las personas—, caminé cinco metros hasta aterrizar en la primera estación pues, allí llegaría el transporte que me llevaría de vuelta a casa. Como me encontraba dentro de la estación, no tendría que pagar pasaje.

¿Por qué estaba nuevamente aquí, así, sin más? Una gran pregunta sin respuesta, al menos por ahora.

Dentro del vehículo, observé por segunda vez las miradas largas puestas sobre mí. Por fortuna, eran más bien escasas ya que poca gente transitaba a esas horas de la noche. Mis ojos se posaron sobre una niña de unos 6 años quien, junto a su madre, ocupaban los asientos a mi derecha.

—¿Y qué me vas a dar el 31 de diciembre? —interrogó la pequeña en lo que la mujer chateaba en su celular por medio de alguna aplicación de mensajería.

—Solo hay regalos para el 24 y ya te lo he dado —explicó la madre con voz monótona.

—¿Y entonces que se da el 31?

—Se come pavo —sonrió la mujer, distraída.

—Pero ya comimos pavo —refunfuñó la niña, cruzándose de brazos de mal humor.

—Aún faltan cuatro días para que vuelvas a comer pavo, te prometo que te gustará tanto como la primera vez.

Cuatro días... Miré hacia la ventana que tenía frente a mí mientras me sujetaba de dos asientos para mantener el equilibrio. Esta era la noche del 27 de diciembre; por lo que veía, esta época y la futura estaban alineadas en ese sentido. Pensé en los demás, ¿estarían bien? Imaginé que sí, según Xavier, no todos aparecían justamente en el mismo lugar, de todos modos, dicho viaje no suponía daño alguno. Sea lo que sea que haya sucedido, muy seguramente los habría involucrado a ellos también. Suspiré con tristeza al pensar que no volvería a ver a Derek. El planeta Tierra es muy grande y yo no poseo los recursos económicos necesarios para dar con él, sin mencionar el hecho de que podría estar en otra época. Cansada de mis pensamientos, traté de convencerme de que Derek y los demás estarían bien donde sea que estuvieran.

Tras bajarme del Transmilenio, caminé un par de cuadras antes de llegar a mi antiguo hogar. De pronto, se me hizo muy extraño, sentí que ya no me pertenecía. Los Majinghost, ¿Qué habría pasado con ellos? Complicado saberlo. Justo cuando me disponía a golpear la puerta, alguien pronunció mi nombre. Me di la vuelta entusiasmada solo para ver que era Louis. Suspiré desanimada.

—¿Isa? —sus ojos me fisgonearon de arriba a abajo—. ¿Eres tú? ¿Estás bien?

—Es una larga historia —sonreí perezosamente al percatarme de mi atuendo por segunda vez—. ¿Y tú qué haces aquí? Te creía en Medellín.

—Bueno... es que... —se recorrió la faz con ambas manos, solo lo hacía cuando estaba nervioso—. Fanny me llamó porque dijo que habías desaparecido... me quedé para ayudarla a buscarte.

Sonreí con picardía, por lo que veía, no habían perdido el tiempo en mi ausencia. Aquello me alegró sinceramente. En ese instante, ver a Louis delante de mí solo hizo que recordara que mi corazón estaba con alguien más. Quién lo diría, el bisnieto de mi ex novio sería el hombre que se robaría mis pensamientos. No lo llegué a imaginar ni en mis utopías más extrañas.

Tres meses o quizá más, transcurrieron desde que aterricé nuevamente en mi antigua época. Cuando me vi con Fanny por primera vez en mucho tiempo, ambas lloramos como unas estúpidas. La verdad es que la extrañé demasiado y, aquello de no saber cómo expresar mis sentimientos, ya no iba tanto con lo que una vez fui.

Con el correr de los días, pensé en guardar aquella extraña experiencia solo para mí; evidentemente, fue imposible. Confiaba en Fanny a más no poder, nos contábamos todo y esta vez no hubo excepción. Ella lo dudó, era de esperarse. Existían ocasiones en las que no me creía porque quizá mis anécdotas parecían fuera de lo normal, mas al final terminó dándome el beneficio de la duda. Fanny me conocía lo suficiente como para suponer que yo no inventaría ese tipo de cosas, no lo haría, aunque mi imaginación fuera lo necesariamente prodigiosa para ello.

Fue entonces cuando me confesó que sí solía escucharme hablar del 27 de diciembre, pero temía que, si me lo decía, yo me fuera de su vida. ¡Qué tonta! No acabo de comprender por qué pensó esa idiotez.

Cuando le comenté que sentía algo especial por Derek, Fanny no tardó en confesarme que ella y Louis se gustaban; frente a aquella situación me hice la sorprendida, aunque no lo estuviera ni un poco.

Tuve que reanudar mi trabajo en el Call Center, lo cual no fue difícil de conseguir. Sinceramente no quería hacerlo, pero las deudas no esperan.

Una noche, salí a cenar con Fanny y Louis a algún restaurante. No era una idea precisamente tentadora, pasar tiempo con una pareja que se atrae no es algo por lo que mataría, sin embargo, distraerme me haría bien. Mientras cenábamos, noté que algo andaba mal; Louis no paraba de mirarme, lo cual comenzó a incomodarme bastante.

—No cambias, Isa —escuché su voz en un susurro, Fanny observaba el menú, mas era evidente que sus oídos estaban alertos—, sigues hermosa.

Antes de que la situación se tornara aún más embarazosa, corrí hasta el baño como método de escape. Era evidente que Louis no iba a cambiar jamás, por lo menos no en esta época, y yo que pensaba que realmente sentía algo especial por Fanny... Luego de entrar en el baño femenino, observé por el rabillo del ojo una silueta que me llamó la atención. Rápidamente, dirigí la mirada hacia el baño de los hombres, mas no noté nada desde mi posición. Esperé un momento, pero la curiosidad parecía ser más fuerte que yo. En un impulso irrefrenable me colé en el baño de los hombres.

No di ni tres pasos cuando lo vi. ¡Era Derek! Estaba de espaldas frente a mí, platicando con otro chico. Usaba un jersey rojo, un pantalón negro y tenía el cabello más arriba de los hombros, aun así, sus rizos continuaban destacando como siempre. Para mí, él era inconfundible.

El joven con el que conversaba se quedó mirándome, extrañado, lo cual hizo que Derek se diera la vuelta. Pude ver la sorpresa plasmada en su rostro apenas me vio.

—¿Isabel? —frunció el ceño, como si pensara que se trataba de una alucinación.

—Derek —sonreí para confirmar.

Fue repentino, pero ambos coincidimos en abrazarnos. El chico nos miró largamente sorprendido mas no le presté atención. Medité sobre el perfume de Derek, aunque dejara de respirarlo, se quedaría en mi memoria por un largo rato. Cuando nos separamos, ninguno parecía saber qué decir.

—¿Qué haces aquí? —pregunté lo primero que se me cruzó por la mente para romper el silencio.

—Recordé que una vez mencionaste vivir en Bogotá, así que decidí buscarte —respondió Derek, sus ojos talismán brillaban con intensidad.

—¿Y los demás?

—Eso deberías saberlo tú, ¿no? Fuiste quien pidió el deseo.

Quedé paralizada. ¿Cómo iba a decirle que no logré pedir el deseo?

—Te ayudaré a encontrarlos —fue todo lo que dije.

Continuará.

Agradecimientos

A mi mamá, por su colaboración y apoyo muy a pesar de no ser allegada a la lectura. Siempre ha sido una mujer muy motivadora cuando de su boca salen palabras de aliento.

A mi novio, por su confianza y dedicación. Su cariño, aunque en ocasiones caótico, consiguió impulsarme hasta este punto.

A mí misma, por atreverme finalmente después de cinco largos años, a cumplir un sueño.

Y a ti, amado lector, por darme la oportunidad de entretenerte por un rato. Por atreverte a leer cada ocurrencia que he escrito aquí y, muy seguramente, continuaré escribiendo por el resto de mi vida.

www.ingramcontent.com/pod-product-compliance
Lightning Source LLC
Chambersburg PA
CBHW031338170626
46807CB00002B/750